銀河樹

吳龍川 著

目次

CONTENTS

卷三　序跋：補天術

卷四　論述：俠魂燃燒

卷五　對談：江湖一葉

附錄&後記

卷一

大山腳：刻骨之旅

泥土・母親・我

傍晚幫媽拔香茅時，我第一次發覺它的味道竟是如此迷人——。

我褪掉黏在香茅根部的泥土和腐爛的枯葉後，交給媽斬掉離根部約一尺以上，狹長無用的葉子，剩下我們要的豐盈雪白的一截。

空中於是立刻飄漾著香茅若有若無，辛辣中帶甜味的味道。漾動的香氣彷彿是無數隻綿絮般輕柔的小手，拉著我的鼻子往香茅湊，竟有捨不得離開的感覺。其實，在此之前我當然曾經嗅過香茅的味道，並不覺得有甚麼特別，如今聞著聞著，無端端的忽覺自己宛如浪跡天涯後，重歸故鄉泥土懷抱的浪子。

深深的溫馨，漣漪般在胸臆間擴散，心境閒適柔和，像此刻悄悄躡足，無聲而來的暮色。那是十九年來，在我心中絕跡的一種心境——泥土給予我的。

我忽然明白，十多年來媽勤於種植的原因。自我有記憶起，媽便和鋤草、鬆土、施肥、澆水與翻種是分不開的。長久以來，兩個井然有序的菜圃，一直是她的汗血結晶。

一日雞寮內的糞便積到某個厚度時，媽總記得選個晴朗的日子，叫我拿了畚箕、扁擔和鐵鏟到寮裡，鏟糞去給蔬菜施肥。我倒不嫌髒嫌臭，鄉下小子那個不習慣這些？只是適逢我球興或讀興正濃之際，喚我施肥，我難免掛起一張扳起的臉。即使是樂意做，也從未認為那些菜啊瓜啊有什麼好種，媽說不種便沒得吃，我往往不以為然，在菜市場裡隨時可以買獲，何必自己多費神呢？

施肥以後，占領蔬菜地區的野草照例必須清除。提起鋤草，我心中當堂不高興的咕噥。手握鋤頭的時候，我喜歡的只是幫忙媽鬆土和培高菜畦。翻起潤濕的黑土，許多肥肥的蚯蚓蠢蠢地鑽出來，家中的小鴨最高興了，歡天喜地的叫著搶來吃。有時看到兩隻小鴨以一條肥蚯蚓拔河的憨態，真令我莞爾。必要時，還得用手把泥塊弄碎，那是一種舒暢無比的感覺。

但是一聽到叫我鋤草拔草，我的背脊即刻先痠了，情緒肯定迅速低落一半。家務事裡頭舉凡掃地、燒坎、劈柴等等，我最討厭的是鋤草拔草了，並非怕手掌起繭起水泡，而是沒來由的起自內心的深沉厭惡。大約誠如媽所說：懶人才找這樣的藉口。

菜圃裡的蔬菜完全摒棄殺蟲劑，一方面種植量少，另一方面媽以健康為由。因此吃起自家的蔬菜似乎有特別甘美的滋味。可是想到這是媽在曝曬下，流著汗水翻種，天晚了還在澆水的收穫，未免興起何苦之感：都是些廉價菜嘛，花幾毛錢購自菜市場，滋味未必遜色多少吧；堆積的家務仍待她去打理呢！

然而媽並不以為苦，厭倦和埋怨麻煩辛苦等等之類的話，自我懂得聽話以來，不曾出諸其口。她唯一的埋怨是我們對工作缺乏主動，常常需要她氣咻咻的催促。

雖然如此，蔬菜可收穫時，她的喜悅便不由自主地流露在臉上和說話的語氣中。如果菜長得比菜市場所賣的更翠綠茁壯，她不時會得意的說她種的菜比賣的還好。我無法衷心感染這分歡欣。久而久之，媽即很少向我訴說她以汗水換來的成果了。

對媽心愛的菜，我一路來採取漠然的態度。我從不會無緣無故走去菜圃。即使在菜圃工作，我也從不會細細觀看那些長得綠油油的蔬菜。除非媽在菜圃種苦瓜、茄子和豆子等幾類較少種的蔬菜，又恰巧媽叫我去菜圃幫忙，我方駐足觀看陣子。我喜歡的只是他們給予我視覺上的美感而已。

苦瓜開著黃色小花，其卷鬚一圈圈的捲住竹枝往上爬，藤葉掩映間，表面凹凹凸凸，自成一個優美圖案的苦瓜悠悠懸著，往往還裹著防蟲螫的報紙，一副溫婉的樣子。茄子樹則枝幹疏朗，頗有清奇之態；紫色的茄子和綠葉相得益彰，柔和悅目。豆子雖缺乏形態美，唯基於好奇心理，我亦會稍微停駐約略觀看。

美感歸美感，好奇歸好奇，沒有特殊原因，我一樣是絕足不登菜圃的。

除了蔬菜以外，媽還種了一些本地水果，如香蕉、木瓜、桔子、番石榴和波羅蜜等；其中尤以香蕉和木瓜種最多，零零落落或一叢一叢的散布在我們住的園裡。每趟給蔬菜下肥料，媽總不忘順便替瓜果施肥。

空閒時，媽常去園裡巡視。那兒的木瓜微微轉紅；那兒的香蕉蕾可削；她都一清二楚。我們卻懵然不知，只知道每隔一段時日去翻後宅桌下的紙箱，一串串肥碩澄黃的香蕉或是豐滿暈紅的木瓜總會映入眼簾。如果我們急著拿未熟透的香蕉吃，媽一定會罵說：看沒人去看，吃就搶著來，我最討厭了。

真的，很多時候我們是身在家中不知家中事，也提不起去園裡巡巡蹓蹓的興致。偶爾瞥見豐盈的木瓜在樹上，以一抹嫣紅引誘我們，我們卻總是止於遠視，直至媽怕鳥兒啄食，催我們爬上去摘；或是一人用長竹竿戳斷果蒂，讓木瓜掉下兩人在樹底拉開的麻袋裡，像消防員救人般。

每回摘木瓜，接住木瓜的總是一臉企盼的媽；拉著麻袋的也少不了她一份。

長大後沒有小時候的嘴饞，因此平日木瓜擺在家裡，反而懶得動手。媽催促得煩了，只好親手削好放在雪櫃裡。那時大部分的木瓜卻跑進我們肚裡！媽胃弱只偶爾吃一點點而已。

媽確是時時為我們不合作的態度和瓜果操心的。記得六七年前，媽初得這棵品種極佳的桔子樹時，喜悅萬分，整天小心看護，施肥澆水，防蟲又防鴨子的摧殘；極盡呵護之能事。在媽細心的調理下，長出的深綠色桔子表面潤滑，顆顆渾圓，一串串懸掛枝柯緩緩隨風起伏搖曳，十分引人。

桔子樹開著純白的小花、散發若有若無的清香時，媽已滿心喜悅期待結實的一天了。看著桔子圓渾渾的掛在枝頭，她欣喜之餘，又擔心鄰家那幾個嘴饞的小傢伙，他們常趁著清晨悄悄偷採，以解嘴饞。而媽最恨人在葉面仍睡著晶瑩的露珠時，採摘桔子的，若我們犯此舉，她曉得了也是準罵個不停。因她篤信桔子的表皮會因此變得粗糙，有欠美觀。

如此毫無科學根據的想法，當然不能獲得我們的贊同，尤其是被罵的時刻，心中難免嘀咕：阿媽真是沒有科學頭腦，這是哪們子的理論嘛？

一晃六七年，桔子樹垂垂老矣，結的桔子既小又粗糙，硬乾乾的，失去往日的圓渾豐潤。媽可真是惋惜得緊，匆匆向小舅問明了嫁接的法子，自己親手接植，以期日後我們仍可有酸甜的桔子吃。

媽花在蔬果上的心血的確不少，然而她倒不是為了自己喜愛吃而種的，說句實話，我們也不是挺稀罕這些蔬果。因此，我一直不明瞭媽種植的心理，家務事已夠她忙的了，直到如今——。

直到如今我望著滿畚箕盛載的收穫，細細體驗這一刻的心情，我想她勤於種植的心理以及對泥土的感情，我是可以瞭解的。只因為在以前，我不曾在菜圃有此刻如橫臥雲端的歡愉；而看著親手種植的蔬果抽芽、挺仰、開花、結果，那種喜悅的程度，我想更甚於此。也許無可否認媽對泥土的感情中，滲雜了中國傳統婦女節儉的觀念，和愛我們的心情。不過，我始終以為她是為種植的成分居多——一種起於對泥土摯愛的心理而轉化的行動，它已成為媽心靈上的一種寄託，一種歸屬。

近年來她精力漸衰，且又患上高血壓，仍是持續種植，然而不免聽到她說年輕時的衝勁不再的感慨。的確，比起以往，媽對菜圃的管理真是疏了些。最近偶爾望向池塘後的菜圃，野草長得既密又高，在風中猖獗的窸窣舞動。

想著想著，不知不覺已做完工作。媽舉起手背抹掉額上的汗水，然後抱著滿畚箕的香茅先回去，叫我獨自把堆積老高的香茅葉丟棄。

我心中兀自盪漾著平和的心緒，一時還捨不得回去。有生以來，我第一次流連菜圃。我不知道為何會一改菜圃不可愛的舊觀，也許起自我欲更進一步咀嚼由香茅所引起的溫馨。可是平凡的香茅味道，今天為何會令我在聞嗅之餘，出現如此溫馨的心境呢？

我不懂得該如何詮釋，真的。只知道我對泥土的態度在這個傍晚之間全然改觀。

在菜圃裡頭摸摸這，碰碰那，我發覺菜圃的一切充滿令人歡愉的新奇；醇厚的，不帶任何雜質的喜悅在胸中流溢，且感覺一種舒適，彷彿一雙溫暖的手反覆撫摸你受傷的心口，坐擁翠綠，我似乎是一畦畦的菜，如此自然地和週遭的景物融為一體，沒有一絲牽強，如山溪的潺潺流向；沒有一絲驚動，如一潭清澈的湖鏡……。

真想，嗯，真想就這麼躺下來臥成一片廣袤的泥土。

蟬嘶喚醒我的時候，家中剛亮起溫暖的燈火，我聽著四野的嚶嚶蟲鳴漫步走回。回去，我想和媽說，媽，幾時妳要清除菜圃的野草？我幫你鋤……。

大馬《新明日報》沙洲副刊（發表筆名：江輕舟）一九八六・九・二十一

雨夜懷人

雨稍歇了，窗外。連綿不斷的蛙鳴自濃墨中傳來，竟如我的思念。客廳裡唯兩朵燭花守著停電後的昏黯；透進房裡的燭光停留壁上，醞釀一房更能增添懷人思緒的朦朧。雨夜，蛙鳴，燭光；怎不令我閉眼，滿目盡是你鮮明的影子？

一別經年，想起路途迢遙，應是無再見之期，豈知今天黃昏，我家鄉下草色青青底小路，竟有機緣迎接你的腳步，讓我有如獲知病癒似的驚喜。

短短一小時多的相聚，談不到一百句話的時間，卻令我整夜縈懷。

恆久即有想和你一同步入這城鎮中的風景裡頭的夢想，悠悠閒閒為畫中人，漫步畫裡，似真似幻。然而有此機緣，我卻必須日夜在床上擁被製造夢。而明夜，你將背起行囊，迢迢回歸，我們的再會緊緊繫在疑問上。

躺在平實的床上，躺在夜寧靜的懷裡，我想著明天，想著。就這麼柔柔的我墜入，伴隨著呼吸輕輕，輕輕的我墜入明天……。

明天清晨，天空將持續陰霾。

自你寄宿的家中出來，我們披一襲清冷的風衣沿大路到市區。淅淅瀝瀝的雨濕了街景的時候，我們在餐廳內看雨。街上，一朵朵色彩繽紛的傘，點綴這陰沉的雨景。而廳內，雨的跫音絕跡。想像此刻若我倆走在雨中的彩虹傘下，聽滴滴答答的雨對傘傾訴綿綿的愛戀，看一圈圈雨珠凝在傘緣，墜下，該是一番怎樣的心情？

柔和的音樂雨卻在廳內下著，我終於無須想像，走在傘下的雨中是一番怎樣的心情。胸中的溫馨緩緩，緩緩流瀉，偶爾化為輕輕的低語。偶爾，我們無須言語，噢，這份心情。

邁出大門，雨不再編織街景。一輛車過，濺濕了過路少女纖巧的足，我們相顧莞爾，看她底薄嗔頓足。穿越馬路，就是校園了。校園以一身新綠迎接兩年多不見的你，重遊舊地，不知你心中感受如何？其實，惆悵是不必的，尤其正當走在校內濕粼粼的柏油路上，一隻喜鵲在枝頭翹動黑翼喜悅長吟的此刻。綠樹依舊無聲穿著一身蓬鬆的綠，只是樹下添了你以往來時不曾有的長木椅。

那麼，我們坐下吧，仰首，看翠綠細枝鋪陳天空，略消天空的陰鬱灰樸。背後敞開的教室門內，有練習舞蹈的小女孩們，輕盈的舞影。葉上的水珠隨逸出的音樂節奏墜落，逗笑了樹下積水沉靜的容顏，卻晃碎了清晰的倒影。高空中一群裁衣的雨燕迅速來回馱走陰雲，陽光已逐漸替灰空穿上寶藍的衣。

我們把落葉撕成一片片，再折成一團，拋進水裡，凝眸看它沉下，又浮起，風來便在水上滑曳，滑開兩行清柔的水紋，瞬又合攏，不留痕跡，宛如時間的流逝，卻已讓我們捕捉到美麗的水紋——我們的記憶。

呵，且讓，且讓我們把煩惱塵囂留給街上的人們吧，步入火車站之後，我們擁抱安寧。站前的爬藤植物爬啊爬，爬成一團整齊的匍匐，攀著無數支小黃花傘，頂承雨珠；一棵棵小聖誕樹宛如外國人頷下的大叢鬍子，只是方向倒置了。

火車站裡頭，有人閒閒閱報；有老人聊掉一整個清爽的上午；有情侶在把時間裝扮得美美麗麗，好讓日後的回憶甜甜蜜蜜。這就是了，火車站。

立在橫跨鐵軌的天橋上，看鐵路筆直地像向遠方追去——就是這鐵軌讓我重見你，也是這鐵軌，叫我的目光把你乘坐的火車推遠，今夜？噢不，千萬不要想起別離，此際。

此際，清風湧來如酒，如果天橋再高些，如果它塗上七彩的艷麗，那我們幾疑此身不屬人間，而是在虹橋並立、笑指紅塵，數看星系。

細細地，我們的鞋子一路編織月台的石板，步下天橋之後。鐵軌兩旁都築起籬笆，把月台和外面隔絕，也把我們隔絕。一叢叢花木靠著籬笆，因暖陽的撫摸而輕輕抖動。幾株木瓜樹站在籬外，幾隻不知名的鳥兒站在橫梗上暈黃的木瓜旁跳躍鳴叫，喜悅聒吵。籬外的小路，有自菜市場歸來的婦女提著菜籃走過，靜靜的，她走過，沒有驚動什麼。

望過籬笆，我們看見人家的後牆，斑駁的後牆有幾株小樹在裂縫中靜靜爆開，點綴青苔滿布的牆。這就是了，火車站。千萬不要提起別離，此際。

橫越鐵軌，我們微微有犯罪的喜悅。穿過籬笆的破洞，便是馬路了。我們笑著竄過馬路，步向對面那條斜徑。小徑斜斜，斜斜通向一個小小的山丘。頭上的綠葉交疊著綠葉，叫陽光只在樹頂憩息；地下，濃蔭和碎黃花躺臥一地。這裡很靜，車聲已不可聞，寂靜彷彿是一潭池水，我們是兩尾游魚悄悄游入，沒有驚動什麼。

坐著或者躺在綠的懷裡，軀殼，彷彿已被我們遺棄，一陣微風經過，彷彿就能把我們吹起。要說些什麼呢？或者，不要說些什麼呢？其實，都沒有什麼關係。

其實，還有一座山丘是我們應該去的。

那裡，有白色的教堂矗立，有在平坦的草地上挺立的樹，和它清涼底影子，還有一級級石階給我們攀向寧靜……。

說著說著，我們已踏上石階，爬完石階，沿蜿蜒的山徑攀登。地上的落葉靜靜的枕著泥土，綠葉在頭頂搭成一座座天然的屏障，滿地清涼。飄下的落葉彷彿肉眼可見的風的足跡，引我們走入一個讓我們靈魂飛升的國度。

偶爾樹葉顫搖間，把下午的陽光搖落，又或者倏地貼上我們的身子。山丘上許多散布的黑色巨石橫臥，沒有人會吵它們，只有蟬，在輕輕歌給靜聽；只有葉，在低笑給靜聽。

丘陵頂上的那座水池，鋪著青空的底子，風正為它摺著粼粼波紋。在池沿，我們聽風演奏，細指如纖，細細如蟬聲曳過綠枝；輕彈葉片，就這麼一脈如遠在傾聽浪與沙灘低語底柔音，緩緩流瀉，緩緩如水注入清澈的碧潭，在寂靜中作柔美的迴盪。橫臥的黑色山石都沉醉了，處於醒寐邊緣……。

如此我們隨柔樂的溪流，向前流，流——流到黃昏——。

黃昏時，得趕看夕陽，就在我家附近的小河邊。

不小心在西山弄翻一爐丹霞的夕陽，把羞得通紅的臉投給瀲灩的河水。一座座小小的布袋蓮群在河面游泛；一隻隻紅蜻蜓在水上低飛迂迴；一管管河邊的翠草，迎風吹笛；我就難免對你說起往昔斜風細雨的垂釣，炎陽下支起遮陽椰梗的守候。

可惜小河無舟。若不，我們可划舟，隨載霞的流水，尋找晚霞今夜的宿處；從另一個角度，看排排椰樹，把黃昏排成一種美麗圖案樣子。

直到夕陽一吋一吋，慢慢的投入西山的懷裡；直到鳥要回家了，流水都要歸去。依依的情緒遂盤踞心頭。是對景依依呢，亦或對人依依，已經無從說起。

不管如何，今夜九時你必回歸。西窗剪燭，月光沐浴，已不可得。不管如何，我都會去送你，然後在月光下獨自啜飲，你送我的一杯離愁凝成的酒，苦澀而甘冽；一夜的蟬聲是我的下酒……。

呵，這一切都會發生。是的，這一切都將成真。如果，如果明天我不再是日夜在夢境徘徊的人。

現在，窗外又淅淅瀝瀝下起雨，彈著芭蕉，彈著屋頂。隔窗聽雨，你有沒有枕亂了髮？坐擁衾被，聽雨？隔著不一樣的窗聽著相同的雨，叫我想起我們有同樣的心緒，卻有一段不能拉近的距離。

唉是的，明天清晨，天空將持續陰霾……。而我竟十分清醒地感覺我對床眷戀的程度。是臥榻中啊，怎麼不讓我糊塗？

窗外，窗外的雨淅淅瀝瀝，彈著芭蕉，彈著屋頂，不停……。

大馬《新明日報》沙洲副刊　一九八六・十・十二

燭光滿山

手搭著前頭好友的肩或腰，我們六人串成一尾魚，扭尾擺鰭游入洶湧的人潮，在黑壓壓的河裡梭巡。

（我的眼神在搜索某個人影。）

大山腳這段馬路已被封鎖，車輛禁入，只限行人。每年一度的St. Ann便使整條大道流成長約一公里黑越越的河。岸旁連綿簇擁著售賣吃喝、衣物、飾品、蠟燭等諸多攤子。噪音不斷地擊打耳膜。晃來晃去令人目眩的人影，黯淡的燈光，香水味再加上汗酸組成蒸騰欲沸的夜。

不管是趕熱鬧或誠心祈禱，每人皆攜著蠟燭，以備抵教堂時點燃。

當彌撒開始之際，我們身不由己地被推擠進教堂的窄門。至此，從馬路流入的人群在教堂前的草地凝固成厚厚的、隨人體鑽入而開攏的人牆。無數垂淚的燭朦朦照亮手持者汗津津的面龐，空氣是又濃又熱又悶，膠凝了起來一般。

自教堂高高的台階往下望，一朵朵密密麻麻燦爛的燭花，宛似開在漆黑的湖裡，有的靜止，有的在湖面浮游。

循斜徑往上，循教堂後的丘陵往上，又是一股股扭動的人潮，在樹木與崎嶇的山道間蠕動上下穿行，沿途遍植一叢叢熊熊的燭花，散布丘陵各處的黑色岩石上。遠遠看去但見一道道由燭花綴成的光流，蜿蜿蜒蜒迴繞著丘陵盤升。在黑夜裡熒熒然顫動閃耀，彷似天上的星子墜落於丘陵間燃燒。

此際，我們是尾衝刺的鮭魚，在缺氧中逆著湍然而下的激流奮力竄上。

（無時無刻，我在期待一個驚喜。）

然後，我們在教堂的草地迂迴鑽行，觸目皆是幢幢密集的昏黯人影，一顆顆頭顱在黑暗中浮來浮去。燭花在草地隨處綻放，令一個個黑影各自圍攏，令他們的聲音在夜裡浮沉。偶爾一陣突發的笑聲在某個暗暗的角落迸出，隨即又被雜音淹沒。

頌歌在夜色中飄揚，教堂附近人牆再貼上人牆，愈來愈密集的人潮在馬路上推擠湧動，噪音歇斯底里地不斷擊打耳鼓……。

夜已蒸沸。

沒有熱鬧，我心中只有惆悵後的疲勞。

午夜前我們留下熱騰騰的夜給萬餘的群眾，到附近友人家寄宿。

St.Ann過後的隔天中午，攤位依舊，數以千計的人仍滯留未散。
而我意外的終能見到妳，節日的感覺在胸臆鼓盪，所有佳節的氣氛都回來，回來——。

大馬《星洲日報》星城版　一九八六

雄森的房

而今，每當我們盼望在航程中小泊，便格外懷念起雄森的房。格外懷念他家做生意的鐵閘門旁，那個通達房間的晦暗小梯口，或飯廳裡一路迴升可至其房的螺旋梯。

以前大家想輕鬆的時刻，譬如考完試後，我們總提議一起擠入窄小的梯，直叩二樓的那間房。開門一觸目即是桌椅、書櫃和單人床，當然還有那些健身器械，如啞鈴、擴胸器、跑步加重用的鉛片。

透過兩邊房壁裝上防蚊鐵絲網的窗，見到的是校門、閱讀室、食堂，和來來往往、醜的美的高的矮的學生。

閑來倚窗，少不免指指點點。有時則撮口而噓，戲弄窗下路過的友人和俏麗的女孩。窗下的人即使往上望，也難察知有人藏匿加了鐵絲網的窗後，因此不知聲從何來，常茫然四顧，甚至邊走邊不住奇怪地回首，狀至滑稽。我們就躲在房中惡作劇的哈哈大笑。

在房裡，我們舉舉小啞鈴，彎彎擴胸器，有的俯臥，有的四仰八叉倒在單人床上看漫畫聊天；偶爾突發一陣爽朗的笑聲，讓四壁漾起迴響。興致一起，就打幾下拳，踢幾下腳；叫雄森展示他那令我們羨慕到要命的胸肌，僨起如塊且堅如鐵板。再聽聽他的訓練方法，和如何掌握正確的練習技巧。

在房裡的時候，雄森的話題——也是我們的話題——總離不開健身、摔跤和拳腳。我們可以從史泰龍的肌肉談到李小龍的腳，從谷克哈根的背摔聊到荷姆斯的拳頭，也可以忽然一跳說起武俠裡的刀光劍影。牽涉到女孩子的只是偶然的調劑，讓我們陽剛的話題裡頭不乏一點兒女柔情。

在雄森的房，我們愛談的就是這些。

不然，便一群人浩浩蕩蕩，一路穿街過巷的直殺入錄影店內，租了錄影帶在四樓的客廳裡圍坐在大理石紋的地板上觀賞。十多二十個人在狹長形的廳裡或坐或躺，盯著螢幕看的同時，也不忘說笑。雖然幾十隻剛脫下鞋襪的腳，味道不怎麼好，倒也無人在意。

除了這些，我們幾個愛書的更喜歡進出他的房，只因他房裡永遠有至少一部武俠或科幻，丟在桌上床上，都是從大紅花街的書攤租回來的。借了不管你幾時還，只要記得還就是了。

每次自雄森家裡出來，天空也許不是蔚藍，我們並不在乎。靜泊在我們的碼頭——雄森的房後，我們這一艘艘超載的船，已卸下不少重量。我們期待明日航得更遠，揚帆準備再次破浪！

那時候，我們的航線一樣。

現在每個人都有自己的方向，即連雄森也已遠涉重洋。一下子大家便散成夜空的繁星，羅列在不同的角度，相聚緊緊繫在疑問上。

我有一段美好的記憶，留在雄森的房。若說他的房是一個鏡框，那我的記憶該是一方令我低回緬懷的舊照，這一生呵與它不可切割，不能分離。看著總要想起房裡曾經得一些歡笑，一些瘋狂。

若干年後，如果我們能重逢，把酒言歡在他的房，也許很多舊事會隨陣陣酒意湧起，相信滋味也必如酒。那時眺望窗外，青褲藍裙晃動依然，食堂依舊熱鬧似當年我們那個年代；而經歷了人事的變幻，異國的風霜，我們飛揚的年少不再，只能從陌生的學子群中搜索一絲當年的神采。我想，許多感慨將悄悄侵入我們已逐漸滄桑的心房……。

大馬《星洲日報》星城版　一九八七・八・三十

最美的黃昏

我們那兒的黃昏是最美的，夕陽也是。

從我家門前往右看，那幅寧馨的黃昏就掛在西邊，背景是淺淺的藍。像小學時候，咱們圖的畫一樣；首先，描一條起伏的線，再圈一個圓，然後添數朵橫曳的雲絮和幾點歸巢的鳥影，便完成一幅掩映在椰影裡，單純且完美的日落了。

我喜歡在臥滿斑駁樹影和金黃陽光的泥路散步，看夕陽透過遠遠近近的椰樹在山頭脊巒的窺視。如果身邊有人伴著躑躅而行，知己兄弟或溫柔的伊，那時所有的哀愁將隨那刻縷縷升起，裊裊銜接天際的炊煙消散，醇厚的喜悅則自沉實的土地傳入心底。耳畔的尋常話，彷彿幻成深山裡琤琮的泉音了，聽著很愜意，很寧靜，令人只想臥成一段空靈的山景。

嵌滿大大小小石塊的泥路，沿途種著香茅、花生和木薯。幾個以木板及鐵絲網圍成的菜圃，框著一排排站在土畦的蔬菜——有空心菜、莧菜、韮菜、番薯葉等等。

有時我想，倘若一列列菜畦是一篇篇質樸醇厚的鄉土詩；那麼，挺仰的油綠即是一行行塗滿對泥土底愛的詩句了。每次經過菜圃，我愛讀著那幾首栽植的詩，暮色裡的風也常在字裡行間低迴。

幾家種菜消遣的人家，上至祖輩下至孫，往往在此時澆水拔草，時而聊幾句家常，展露笑容，與路過熟人打個招呼。從圍欄外望去，較高且密集的菜如一堵綠牆，擋住澆水小童，只剩一截頭和一管噴灑的水柱，風裡傳來他們低低的笑語。

在沙沙的水聲裡，似乎我也是被滋潤的菜蔬了——塵埃漸去，顯現初綻的綠。

短短的泥路盡頭接上一條平坦的碎石子路，往左直出村口，朝右筆直通向繞過村子的河。

眺向村口，低低的蒼穹下是一片曠野，長滿夾雜著疏疏落落灌木叢的芒草，有者垂懸著一串串軟絨球似的淺紅花穗，都在夕暉裡欹欹舞動。風吹草低處或可見牧放的牛群，情景有我喜愛的些許蕭索和淡淡的蒼涼。不過不宜獨對此景，那會極易墜入憂傷的回想，最好是對著芒草梢上的斜陽，和高空的雲霞，什麼都不說，什麼都不想。

走向河邊的路上，設若不見騎小單車蹓躂的小孩，那他們該是被喚進浴室，或者忙著換掉骯髒的衣裳，接受輕輕的責罵。有的卻已坐在籬門外的小椅上，等著媽媽一邊和人攀談一邊餵飯。偶爾用腳逗弄趴伏著的家犬的尾巴。

如果早些踱到這兒，會聽到廚房裡仍響著鍋鏟的碰擊和間歇的油爆。隱隱約約的人語喧笑和迴泛空中的香氣溢出窗外，令人浸浴在家園的溫暖裡。而且，庭院裡有人靜靜澆花，讓膠管的水在花葉間激濺成迸跳的珠玉。

穿過這幾列房子，以及種在家家籬內籬外的木瓜、香蕉和芒果，橫在眼前的便是那條寬六十幾公尺的河了。自南緩流向北，然後河身轉個優美的彎，消失在視線外。沿岸一排椰樹一致微傾向河心，守護著纖柔底一帶河水。

而黃昏就在對岸。

小村落的黃昏既沒有大漠裡無垠且逼人的蒼涼，亦無海上的瑰麗壯觀，卻使人倍感親切。它不勾起我的愁緒，也不令我情懷激昂，只讓我有難以言喻的安詳恬然。在這裡，我聽著椰梢歸鳥聒噪，看水面游魚不時逗起漣漪，一切重壓及煩惱遂悄悄如流水北逝。

當暮色低垂，昏濛燈火烘托出村子的安寧，經歷一次天地給我的濯洗，歸去的我，自覺心湖澄澈如鏡，包容眾山與樹影。

我想，自推開我家籬門踏上泥路開始，直到溶入河岸夕照，應是一次愉快的心靈之旅，使我一路由積垢而漸至剔透晶瑩。

雖然，我們那兒景緻並不優美——極目但見野草蔓延，河道也非潔淨，村落更不簡樸，沒有參天的古樹，及樹下悠閒品茗聊天的人們，點綴出典型村落的黃昏，可是唯有家鄉的黃昏予我最美的心境，最感恩的心情。所以，每當夕陽繪一幅黃昏，在西山掛起，我總覺得，我們那兒的黃昏是最美的！
甚至，夕陽也是。

大馬《新明日報》沙洲副刊　一九八七・十・四

刻骨之旅

他們走後，筱雨，我躺在沙灘上一棵濃蔭底下，閉著眼，心裡很累。我表面平靜，平靜如岸邊不斷被浪潮衝擊的礁岩，當然難免有些灰鬱。旁邊圍坐的是未走的一群，他們興致勃勃地在談我愛聽的人性、哲理；午後偷偷溜下葉隙的炎陽，也躲在陰涼的樹下傾聽，然而，告訴我，筱雨，怎麼這些話語，走不入我底耳朵？

仰頭上望，碩壯的樹幹有三根粗繩垂著，尾端各有一圓環，那是給人攀沿玩樂的。不久前，我還拍了張照，它給了我美好的回憶，因此照片上吊著的我展開笑顏。現在，筱雨，它們很無奈的吊著自己，在風裡微微擺盪著，像是要甩脫自身難言的孤寂。

真的，筱雨，我腦海裡不受控制的一直重映未離散前，我們來這陽光海岸的情景。

出發前的那天，我心中早預測著一個無比溫馨的海邊之旅，而一切，果然如我所料。雖然抵達的午後，沿海岸走去酒店的途中，迎我們數十人的不是十里陽光的艷麗，而是天空墨灰的萬里雲絮和迎面撲來的風，獵獵吹動我們的衣，飄揚起我們的心情。

走到酒店後那幾排古拙的蒼松，雨就踩著輕細的步履來了。

在等著進房的時刻，斜風細雨裡我們撐開了傘。簇簇松針在掛起的雨簾中迷濛著；濾過頂上松針編織的綠障的雨，彷彿也帶著淡淡的綠。我們上樓進房推窗外望時，三、四人仍在松林間的桌椅撐傘低語，不上樓來。太遠了，聽不到他們說什麼，濛濛且寧靜的只見雨霧在飄曳，只見繁密的雨珠隱約在傘面濺起……。

筱雨，那多像一首動和靜交疊湧現的詩，多希望我們一群也能展現一首詩般令人神往的美麗。

雨歇了，綻晴的天空下，沐浴後的我們在沙灘悠然漫步，叫喊著要玩一些童年的遊戲。我覺得很歡愉，雖然遠空陰霾仍未散盡，傍晚可能下一場雨。但是筱雨，我真得很歡喜，當我們叫嚷著，各自伸出一隻腳緊緊圍成一個圓，數著誰是官兵誰是強盜，好分成兩堆，在畫好格子的沙灘玩攔阻的遊戲。後來我們在沙上追逐著，追得大家吁吁喘氣。氣氛如斯融洽，像童年時代沒有心機。不過，筱雨，妳當知道，我但願這不只發生在那樣的地點和時間。

黃昏時分，我們去了藏在泥路盡頭的瀑布，還沒到達已聞沉雷隱隱，趨近一路吼下來的水聲，更令人心悸。我想涓涓細流是沒這份威勢、這份激越的。我們在磊磊巨石上合拍一張照，而期望的並非單只留住一瀑水影，筱雨，我還想我們要流成長懸的飛珠濺玉。

夜幕垂落的酒店房間裡，我們亮起暈黃的燈光，歌曲在溫柔的光華回盪，一室暖如春天，有人在床前細訴，有人在陽台淺唱，有人興致地拿撲克牌玩算命。

記不清是入夜幾點，我們走去海邊了；燃起燭，圍著一朵熠熠燭光。四周很靜，只有輕輕拍岸的潮聲，聽來彷彿有些遙遠，緩緩的帶著悅耳的諧音。我們就坐在鋪著報紙的軟沙上，唱著激昂的歌和低迴的歌，玩好笑的和緊張的遊戲。我覺得我們的心和身軀靠得一樣近。我真不想離開那片沙地，等待第一道曙光穿透樹隙。但是多數人要回，我們就踩過凌晨凝滿露珠的草地，經過闃無一人昏沉的餐廳，回房去。

進門不久，好幾個人已裹著自己進入溫暖的夢鄉。也許有人失眠，筱雨，妳當知道我多麼希望。燈影朦朧裡，聊天的、嬉鬧的人逐漸睡了，只剩我們三兩人還滿有精神的在朗讀著詩，在唱著歌。看著酣睡的臉，守著床側的人，筱雨，我就不由的有點兒寂寞……。

隔天中午，其中一群說要回了，我才微微懊悔早上我們散成幾堆，或砌沙或游泳或聊天聽歌。正想把握下午最後一刻讓我們重續昨晚的圓圈時，他們卻說要走了。我只好站著凝望他們朝車站走去，背影逐漸行遠。我返身走去會合另一群時，驟感自己不自禁的垂著頭微弓著背，連忙驚覺把胸膛挺起。途中我想：他們……也許是情緒。

筱雨，我原該知道他們懷著低潮的情緒。是快樂的我以為別人也快樂如己，抑或我竟下意識地漠視某些人的鬱鬱？事後念及該是兩者都有，並非兩日一夜的嬉遊不夠溫馨不夠樂趣，而是我們心中存著隱隱的對峙。其實，我一開始就抱著殷切的希冀這次能把它摧毀，所以我盡量佯裝它已頹然傾圮。他們一走，我才再次明瞭我們的隔膜仍然堅韌，疏離的心依舊沒有串連成一線。

我沿小徑走去海邊，走去滯留至下午方一起回歸的另一群人身旁，我躺下，筱雨，我必須讓土地承受一些我內心的倦累。由意興遄飛而至極之悵然失望，這是今年來我初次感到情緒低落若斯，如潮退得很遠很遠的海岸，在需要好幾天才有漲潮的時日裡，露出一大灘凹凸的、不知該如何收拾的爛泥汙穢。

原來我們並沒有排成一首優美的詩，涓涓細流最終仍未掛成飛瀑；原來融洽只是瞬間在外型態的呈現，而心和靠得近近的身軀本就有一段距離；原來呵夜裡還是僅有幾人在眾人的睡眠裡誦詩，在寂靜中激起空洞的回音。

希望越高失望也越大，筱雨，我有苦心孤詣要完成一幅寧馨圖畫而未逮的心情，未完成的缺憾就如垂繩無奈的吊在半空。

我承認人是情緒的組體，然而筱雨，我更覺得我們最好不要堅守著堡壘，沒有誰要攻擊誰呵？不要只是幾堆礁石在各自激起小小的水花，要就大家在同一陣線列著，迎向洶湧而來掀天的巨浪。我真的一直這麼希望。

無論如何，筱雨，這對我是一次刻骨之旅，回去我將十分沉緬。從我以為已達到摧毀之目的的極度溫馨，到極度神傷，交織的兩種殊異心態，深刻卻一般。值得欣慰的是卻有人感到銘心的喜悅；至於擁有低潮情緒的人呢，我不能說什麼，筱雨，雖然我多盼望人人皆能領略相處時那種激盪的溫情。而今，我只能不自禁地要自嘲本身兼具這兩種極端的心境。

不過，我心中的理想並不稍泯，筱雨，這次只可說是努力的起點，而非終結。我相信我們各擁自己的型態，卻不互相牴觸，反而和諧的那天終會到來，如繪著山川草木、江河日月的卷軸，把它展開，是墨意飽滿一幅壯闊完美的山水。

最後，筱雨，輕輕的，我多想再親親的和你們說一句：在寧靜祥和的風景裡，請不要，請不要築那麼多堡壘……。

大馬《星洲日報》星城版　一九八七・十・十八

在相聚的樓頭

那個初晴的黃昏，我們下了樓後，筱雨，我就佇立在叮咚滴水的簷下，迎著寒風凝望你纖巧得叫我禁不住溫柔的身影，似有點匆匆的登上鋪著綠草與碎石的小小斜坡，越過繁忙的馬路和殘舊的火車柵門，直到一叢叢油綠從彎角閃出隔斷我的遙望。

抬頭但見一卷世上最大的風雲潑墨圖，從空濛的遠山迤邐抖開到頂上，但難阻陽光底觸鬚絲絲縷縷劃破陰霾，筱雨，那正像我心中難以抑止地湧起的百般疼妳的思緒。

剛才分手時妳方走幾步，我又招手叫妳回來，讓我再看一眼筱雨，讓我輕聲說再見和一句：我捨不得妳。而妳微側臉，含羞嫵媚地迎來的眼波，妳矜持地淺笑，微漾喜悅的嘴角，深印我心。筱雨，我想我是愛妳底含蓄的。雖然有時我會忘了欣賞，比如適才妳剛到樓上那一陣子。

講起樓上，我忽地想告訴妳，歸家途中，盤旋腦際的一直是那座已舊了的樓；只因在那兒，我曾和妳，和雨，和一段往昔有過短暫且永恆的相聚。筱雨，我忍不住地想要以最美麗的回憶來想妳，想這些些……。

記得雨忙著把簾子掛上樓窗時，妳踩著輕細的步履來了。彷彿是久不見妳了；像浪恆要湧上沙灘，我微急著要妳肯定我底低訴，但妳依舊沉默如岸且悄悄阻擋那浪；於是我微惱問妳：溫婉的海岸是否需要築起，人工的堤防？後來……

後來雨漸漸小了，細細碎碎的像縈繞在情人耳邊的話；我也讓生氣在妳滑膩的掌中，溫暖的融化，融化。

真的，筱雨，不只一次我對妳說過，執著妳軟綿的手，望著妳靈動的眼，我變成愛在雲霧中入夢的山水了；總在一疏神間墜入一片柔美的朦朧——柔，如妳雪花一樣的手；美，如你黑寶石一樣底眸。我娓娓道出的情懷，就是滿山流轉的水聲了；我知道妳愛收集，愛收集在心中那精緻的音樂盒裡，寂寞孤單時便掀開聆聽或激越或低沉的律動，是不是呵筱雨？

如果妳喜歡，我真的樂意向你重複訴說我的傾心。

記憶是一本厚厚的書，翻開和妳在一起的幾頁，總有令我遐思的優美插圖或使我忍不住會心微笑的卡通。

我想起在小巷、書局、校園或……留下守候。它們陪伴著複雜情緒的我一起翹首等妳，等一幕我導演的偶然相遇上演。我想起開始喜歡把一枚枚硬幣連同許多小藉口投進公用電話，讓傳來的悅耳聲線把我變成飄飄的風箏，在藍空回翔，牧放著白雲。我想起有一次在入暮喧囂的街道，一直呆呆的目送至妳的背影消失，回過神來接觸到許多奇異的目光，才省覺自己適才竟視而不見……。筱雨，如今這些都是掛在我們心底飛簷的一串風鈴，每一觸及，便響起輕脆的叮噹。

如果妳喜歡，我真的樂意一直這樣繼續下去，讓更多風鈴響起許多美好的曾經，我好愛看妳為此笑得開心的純真模樣。

筱雨，那時在樓上，不管我們是有聲或無聲，窗外細雨恆自淅瀝淅瀝，切切地彷彿是在喚醒我們對它的記憶，而妳——。

還記不記得，幾乎每次相會，雨都趕來編織我們見面底美麗，為我們奏一曲綿長的愛戀？

回憶中常有雨，綿綿的下著，下在去年那灣愛擁抱的沙灘，洶湧的海景是我，是我心頭初次湧起的難以平息的思念，但一眼望去卻是隱隱約約的。在火車站的天橋上，斜斜的雨也下著；我透過眼前底珠串看妳，看妳撐粉紅小傘娉婷撥開連綿的水晶簾子，看我的夢自水霧似的迷濛逐漸明晰地走近我，走進我底夢，夢中常有妳——。

筱雨，回想這些，我始終發現雨多像妳起初給我的感覺，總是濛濛的如此難以捉摸，又令我禁不住心疼的淒迷。

下雨的時候，我心情常沒來由的溫柔起來。面對妳，所有深藏心底的溫柔終於有一個流瀉的方向，透過我底眼神捎給妳。

但是筱雨，我實在無法一次訴盡我的柔情，我但願，但願妳是我柔情的小瀑下，一泓婉約的圓潭，那時妳將知曉傾入妳心懷的流水，是多麼的動聽與綿長。

如果回家的路是我一生的路途，筱雨，那妳便是我終生最美麗的記憶。

然而，我知曉愛情道上不是單純的美與甜蜜。我們是緊緊攜手步行於山中危徑，縱然群山起伏，景色絕幽，如此深深觸動人心；但別忘左側是陡然斜下的深淵，右側是絕崖沖天而起，前頭更有許多險彎，許多瀑澗與索橋。

筱雨，願妳我相知相惜的走過，然後恬然體驗回顧的欣喜，前瞻的堅定。

大馬《光華日報》青色年代　一九八八．七．六

卷二

台灣：銀河樹

風雨中的破船

那是一個晴朗的早晨，我一直都記得。

陽光斜斜照著街道兩旁古舊的建築物，以及裂縫處搖曳的小灌木；照著一群群學生走過車站附近錦簇的花店——世界甦醒，一切都在地球的運轉中呈露生機。

時值五月初，我載著三姐經過人潮湧動的菜市場，吵雜喧囂浮離出一個生機盎然熱鬧的清晨。眼光掠過手挽菜籃的婦女，在水果攤前挑購，在擺滿糕點的巷弄進出，我不由想起昨日，昨日清晨我還抽空陪她穿梭於番茄青菜魚肉之間；陽光暖暖的，我拎著菜籃，很重，一連換了好幾次手，而她每天不只要提著在菜市場兜來兜去，還要走一段路到停放摩托車處，體弱的她一定是心跳急促地喘著氣，鼻尖泌出汗珠……。

一陣恍然之際，騎著摩托車的我，一疏神間卻馳進了黑暗的昨夜。昨夜十一時，我是在六哥急馳的車內，和三姐望著身旁的她，灰敗著臉，半閉視而不見的眼，竭力的呼嚕呼嚕地粗重的呼吸，吸那隨時會斷的氣，整個人軟癱癱地斜躺著。而一切是半小時前猝發底變故的結果……半小時前，她突然發冷，在房裡裹著被單簌簌發抖，看她辛苦，我盡量忍住內心的難受，輕聲慰問，她底回答略帶哭音：剛剛腰痠吃了他給的兩顆補藥後，便這樣子——。

大家全圍在床側，那時她呼吸已粗濁且肺部呼嚕作響，她說吸不到氣，忙匆匆扶她上車。聽著她痛苦而斷續的半號半說：辛苦死了，辛苦死了……一邊用手緊緊按住不停急促起伏的胸口。天可憐我，我一生最不忍聽她蒼老而喑啞的嗚咽，我的心霎時被哀痛擊傷。只希望，只希望她的痛苦快點過去，快點過去！年老氣衰的她已難堪這樣的折磨。

平日和她在一起的種種記憶不由自主地以時速八十公里的速度掠過腦際，我壓制不住內心悲傷的激流，濃縮了她的一生為眼眶滾動的一顆淚……。

守在重病房外，我仍在努力認清事實，雖然剛剛我已簽了重病證明書。雖然皺眉垂首抽菸的六哥，和被變故弄得臉色惶惶然的三姐，以及緩緩背轉身，怕燈光映出眼角淚光的我確確實實是在市立醫院。風搖動著斑駁的花木陰影，貼在玻璃窗上像死神猙獰窺探。

環顧暗沉死寂的醫院，我深深體驗了這句話：醫院濃縮了生與死、希望與絕望。病房裡清晰傳出一陣她忍不住的嘷叫，我聽出她的痛苦與恐懼，以及對命運提出不甘願的抗議。可我們只能等待，只能在她的痛苦之外徘徊而感到刀割的心酸，只能從護士醫生的臉色語氣中，揣測他們的安慰有多少真實，然而我不知道我需要事實還是謊言。再一次我讓淚詮釋了我的哀慟。

凌晨二時許，我們在勸慰下離去，翌晨才來。摩托車終於停在醫院安靜的樹蔭下。陽光已經很暖了，可是我知道世界，世界永遠只醒來一半，黑暗的山洪已逐漸捲向地球的另一邊，餘波依然衝激著我們的心弦。腦袋兀自殘餘著凌晨回去後的噩夢，我們一步一驚心，忍受著矛盾的傾軋，怕知道真相又渴望知道，怕醫生盡量用婉轉的語氣和我們說話，怕……又有點無奈的等待命運給我們的安排。長廊長長的像沒有盡頭似的……。

而感謝天我們是在重病房外見到她，不是隔著一道不可跨越的門，而是藉手與手的相觸重續我們的親情。

根據診斷病因是肺進水和輕微心臟病。許是血壓高又吃兩顆強勁的補藥之故，才引起這場大病故。

我永遠記得那個清晨，只因那早懷著一顆忐忑的心和深怕失去她的恐懼，二十一年來我初次深刻的知道她在我生命的位置，無人可代替。她在醫院的十多天裡，我重新感知我對她的愛是如斯鮮明具體，不是如以往的模糊抽象；感到我們之間千絲萬縷的情，是如此的不可切斷，不因時空距離而隔絕，震懾於死神隨時降臨的可怖可懼，我體會到唯有藉著珍惜和學習掌握生命裡永恆的實質，愛，我才品嘗到活著的意義。

十幾年來不曾有的大病痛，真的把氣血已日漸衰竭的她折磨得死去活來。我起先真的不忍心看她陰鬱的臉，嘴角下垂沉默著，因痛苦而鎖緊的眉頭仍蹙著，表情是餘悸猶存的怔忡悃然。相對於健康的我們，為我們默默付出的她老來卻病痛纏身，生機萎縮。剛開始時，她的眼神常閃爍著對自己生命的價值的疑惑，然後在我們頻繁的探訪中終於隱去。

零零碎碎收集的記憶的片段，如破碎不完整的人生。

我似乎沒聽她說起因稀少而顯得珍貴的某些快樂的回憶。貧寒窮困陪她度過大半生，憂愁辛勞耗盡了她近半百的歲月。在荒僻的家鄉，幼年起她便負起長女的責任，瘦骨嶙峋的身子壓著重重的生活擔子。絕早起床打水燒炊，到菜圃鋤草翻種，照顧弟妹。習慣三餐挨餓，習慣到夢裡去尋求許多微不足道的快樂。

在日軍尚未投降前，便由一列迎親的腳踏車隊伍把她載到一個更苦的人生階段。我問她怎麼能和一個陌生人建立一個家，她淡淡的說：那時候人人都是這樣子，不要也得要。人，要懂得認命就好了。每天有做不完的工作，凌晨四五點便冒著寒風去遠處的井來回挑水，四周是黑伏伏的草叢和椰林，星光在荒野閃著。舉炊洗衣養豬砍柴等後，才有空蹲在陰暗的灶旁一口一口吞嚥著剩菜剩飯。

十二個孩子就在這種情況下出生，擠在一間小亞答屋裡，哭笑著成長；卻沒有坐月進補的福氣，產後沒幾天便需勞作，人虛弱得暈暈眩眩的，就是不敢休息不敢違抗，在婆婆的虐待下，在生活重壓下，麻木的忍受，卑微的存在。

有時兩人吵架，他提起以前的辛苦，她便蹙眉不語，托腮呆望著門外，眼神潤濕，我曉得她是再次墜入以往的苦楚。望著她雙腿糾結的靜脈，我無言撫慰。

早年沒有好好保養身體為她晚年的病痛埋下隱患。大約是五、六年前吧，她經證實患上高血壓，記得那時雖見她每月往醫院拿藥，卻沒怎麼在意，只是她偶爾會有食慾不振或昏眩的小毛病，休息一下或吃點藥便好了。後來她又有糖尿病，稍微做一點粗重家務，便氣喘吁吁。

幾年下來，小毛病倒是常有，她也不怎麼在意似的，現在想起身體有病猶如芒刺在背，只是她不肯明言罷了。有次看到一篇有關治高血壓的報導，並附該中醫的地址，她叫我剪下空閒時寫信向他討藥方。我一時懶，一拖再拖便忘了。我相信她是記得的，當疾病纏身，誰沒有要痊癒的強烈渴望？而她大約看我板著臉在忙，於是不敢提及。

長大後，每人都有自己的圈子，把家當旅店。當我們意興遄飛地在大江上試新帆，落在身後的她，那載著我們穿越許多風雨的船，卻破了，舊了。望著滾滾江水，她焦慮不安，孤立無援，卻沒有高喊不知船破到什麼程度的我們。也許我們以為她還可以航行很久，我們忽略了時間的殺傷力，忽略了一個人的堅強忍耐有其限度。

而這場病痛卻像一聲大叫，令只顧看著前方把舵的我們回頭看她的處境，細細設想她的感受，守在床側，我多少帶著補贖的心情。

陪著她的午後，醫院靜悄悄的，我翻著書有一搭沒一搭的和她聊天。她仍吊著點滴，接著尿管的下腹依舊持續漲痛，胃不時翻騰緊縮卻嘔不出什麼，使她像小孩子似的發愁，讓我看了心疼。可是我們仍然感覺溫馨，許久不曾如此靜靜的聊一些不用煩惱的話題了，也讓她把對家中的牽掛暫時擱在一旁。有時想到這是有生以來初次有機會照顧她，就像她從前充滿柔情的對我一樣，心中頓時塞滿了橫溢的愛憐。幾句簡單的話，只因心境澄明心中有愛，就讓彼此細嚼品味許久。

往常每次午後放學回家吃飯，偌大的屋子裡多數只有她一人在，不是午寐，便是在後門旁戴著老花眼鏡靜靜的讀報。陽光寂寞的灑了滿地，風慵慵的穿過枝椏，發出細碎的沙沙聲。陪她的只有被餵飽後的雞鴨貓狗，都是慵慵懶懶的。

記不清她養了幾年的雞鴨了。總之，那些雞鴨不只是為了應節的方便，也成為她心神所託。早些年，帶到市場擺賣，滿足一下她做小生意的心願，然後帶回一菜籃的欣喜。

當雞鴨糞便積厚時，她便叫我們鏟了，堆到菜圃，替疏疏落落種在園子裡的香蕉木瓜辣椒番石榴下肥。是節儉與愛泥土之性使然吧，那些便宜的菜啊瓜啊她種了幾十年卻從不感厭倦。無論如何總要在屋子附近找個地方圍一匝鐵絲網，翻幾畦土。黃昏時拉我們去澆水鋤草，不管我們嘴巴在嘟嚷。

離我家最近的鄰舍也在一箭之遙，加上她性格較內斂，不是極善言辭，因此午後雖是空閒時刻也少見她去串門子。憶起她和人交談臉上不時掛著謙卑的笑容，即使心裡頭不喜也不願當面表現出來，處處心存厚道，不愛惹事生非，話人長短。她雖只讀過一年書，卻把做人的基本道理把持的很明確篤定，因此孩子們雖在窮困中長大，卻都行止無虧。

靜謐如水的午後，環顧庭院寂寂，不知那是一種怎樣的寂寞的老年心境？一定懷著些許的悵然，回想起許多遙遠的往事吧，而這她當然從不會對人說起。

吃飯時，她老愛陪我聊一些事，比方昨夜又為家庭經濟煩惱而睡不著，家裡還沒人寄錢來等等。除非是大問題否則我多是漫不經心的聽著，隨口說笑兩句開導她一下。因我知她只是把我當傾訴對象。家裡經濟是不怎麼寬裕，也唯有她的節儉才維持一個小康之局。但我們也不免怪她過分操心，十幾年前的辛苦都挨過來了，何況目前比十年前好一倍不止？眼看操心成為她生命的一部分，我們只有徒呼奈何。

她的過分節儉有時我們忍不住要嘀咕。她老說那是因為我們沒挨過窮沒挨過苦。凡是她認為以後可能會用到的各種東西，她都要收藏起來，有的放在床下紙箱裡，有的放在柴房內，不一而足，拉拉雜雜，積久了反成垃圾，那時她才在我們的催促中依依不捨的扔掉。她收藏的舊物件中，我印象最深的是她唯一的一張少女時代的黑白照片，連同她數樣重要的私人物件放在一小鐵盒內。

不知怎的，每次她翻查鐵盒，我總覺得她往往無意中對舊照流露出很深很深的眷戀，彷彿在用整個生命去表達那種眷戀。其中一定藏著她一生最美的記憶吧，她不告訴別人只把它深深埋在心底。

盒子裡頭還有一張遠在美國的四哥兩年前寄給她的生日卡，那該是她迄今為止所收到的一張生日卡，看到她對那卡表露出虔誠的珍惜，我忽然泫然欲泣。小小的卡，她放下了無限的愛，為什麼我們全盤忘了她也像我們一樣，在屬於自己的特別日子裡，懷著強烈的渴望等著親愛人的祝福，即使是一張普通的卡？

許是感到生也有涯和生命的可貴，或是經歷一場生死後發現自己不曾在有生之年做幾件自己喜歡的事，病後的她便嘗試要卸下揹了將近六十年的家庭包袱，從家庭經濟的煩惱中解放出來，甩掉心中有關兒女疾病的憂心，踢開和他之間種種衝突引起的神傷；要盡量享受一些在別人眼中只是微不足道的歡樂，並學習不要太虧待自己，比方逛逛街，吃一碗麵；去首都大姐那玩幾天，還和我們一起趕早到檳島的移民廳排隊做護照，說要到泰國玩等等。

「我們現在都長大了，妳要玩便盡情的玩，我們會顧家。」這是我們跟她說了不知多少遍的話，說了幾年，此時才被她接納，她總覺得我們照顧不了一個家。可是結果不是我們顧不了家，而是她嘴狠心軟，離家沒多久便想家了，結果也沒出什麼遠門，還是待在家裡為家煩，為家操心。在命運的安排裡，她一直是在夾縫的位置。

來台一個多月後，收到小弟的來信，說她剛開了刀清除輸尿管內幾粒小結石。心神一陣激盪，回到兩個月前某一個我突然被吵醒的凌晨，聽到她抽泣，原來她右下腹劇痛難當，醒來一小時之久一直在房內用藥酒塗一邊飲泣，卻誰也沒醒。二姐醒來已是一小時後了。我忽然感到她的疑慮不安懼怕與空虛，是多麼猛烈一直侵蝕她的心神。右下腹痛已看過幾次醫生了，如此劇痛卻是初次。

當我忙著辦理出國手續，當大家各忙各的，等藥物洗淨她骯髒的輸尿管，愛憂慮的她受上次大病的影響，不知暗中神傷了幾回，卻又怕干擾我們，不敢言諸於口，說出她內心的焦慮。幸好病情不嚴重，一下子便由醫生穩定下來。翌晨我便陪她去照X光……。

在這裡，她是我唯一在信裡要提而下筆猶豫，要想而不敢想，想了心思起伏，心痛良久的人。是逃避吧，逃避因念及她而引起的難受與無奈，以及接連想起因世事無常所可能導致的終身憾恨。離開前匆匆忙忙趕著辦理一切，我似乎忘了去體會她珍惜相聚的情形，現今思來，她的不捨歷歷流過心頭。記得有一次我說我將設法隔年回來，她卻叫我不要回，去打工賺學費，不要浪費在機票上。我正奇怪她怎麼會不想要看我，之後才知她其實也很想我回，只是顧念學費得之不易，嘴裡叫我不要回。

我不知道離開的那早，她是懷著怎樣矛盾的心情叫醒我，只是我曉得她不會把悲傷流露出來成為我的負擔。等大家都在門前相送，唯她獨坐客廳沙發上。早在幾天前，我便一直調侃她說到時她會哭，她硬說不會。誰知我入內剛攬肩安慰，她忽然痛哭失聲，老淚縱橫，她是真的憋不住了，我不忍久留，道聲保重，一轉身上車，往機場。

而今我隻身在島上，隔一座海迢迢和她對望。一失神間她的影像有時在腦海模糊浮移，我就是不敢把她穩定下來。想起她，我內心感受複雜難言。想起她的希望只是有一個寧靜和氣、稍微寬裕的家，讓她安閒享樂的過幾年，不要重複已往傷懷的記憶，拋開緊纏如巨蟒的病痛和憂慮。而我，我究竟還能陪她多久呢？當紅塵路長而人生苦短，我能不能快快樂樂的陪她走完最後一程？

寫這篇文章，我禁不住自責自疚，掉下眼淚，只為記下我們相處的緣分，以及寫下五十億人口的地球中，一個微不足道的人一生的片斷，和她所代表的愛；而這，這就是我絕不後悔遲疑地會愛一生的女子，每天，我在她的思念與祈禱中活著，快樂痛苦或者寂寞，她，我偉大的母親——。

《海華雜誌》　一九八九

【注】這是台灣《海華雜誌》主辦的全國僑生散文比賽，題目是〈我最難忘的人〉。本文獲次獎。作品刊登時編輯替它取了這個篇名。

雨後

世界總不忘隨時給人一個小小的驚喜，真的。還記得寒假打工時的某天傍晚，便安排我遇見一場雨後濃霧——彷彿剛剛閒逸地踱到工廠外，靜靜接我下班。初次在街上見到那麼濃的霧，我不由微微訝異繼而欣然與之把臂散步。

只因有霧，一切看起來不那麼匆忙，車輛放慢速度，行人緩緩持傘而行，雨粉似有似無的飄著；我和霧輕輕走過交通燈小廟和古厝……。然後轉幾個彎，把市區留在背後，沿彎彎一條柏油路慢慢走回學校，周圍是婉約的朦朧，隱約見到蘆葦茶樹和丘陵起伏，此外便是幽深的，寂靜。

道路兩旁的細竹有時密密簇擁成一道綠拱門，霧垂掛成掀不勝掀的白簾子，偶爾一抬眼間，猛地一角紅牆撞進眼簾。

淡淡的暮色已悄悄在身後了，天光逐漸陰晦；我那被疲憊煩惱壓力綑縛的心靈，反而輕輕鬆了綁。迎著沁寒清新的空氣，我遙遠的想起很久很久以前，一場大雷雨後，童年的我，忽然跑到家鄉附近的河邊；一時的心血來潮只為內心隱隱覺得，雨後的河畔會帶來令人欣喜的訊息。河上密密長滿了布袋蓮，亭亭綠葉間，有忽然冒出的粉嫩的淡紫色，點活了鬱綠的背景。不時傳來魚兒拍水的聲響，蜻蜓低空飛行，更高些是辛勤的雨燕，來回截走殘餘的陰雲；遠遠是雨霧經過的山頭——世界晶瑩如草尖的露珠……。

那是記憶最深的第一次，我曉得雨後的動人和所帶來的愉悅。

只是在忙著長大的同時，這樣的感受越來越少了。直到如今，童年熟悉的感覺又溫暖的擁住我，透過默默無語的霧，無聲的說，只要隨時保持澄澈的心，便會發現世界隨時不忘給人驚喜和感動。

到了宿舍，我回頭謝謝霧陪我走了那麼遠的路。

台灣《青年日報》青年副刊　一九九〇・一・十六

膠林的月光

我記得當時我還在唸國小，每天除了騎著腳踏車在家和學校之間來回外，便是蟄居在離最近的鄰居也有百米之遙的椰林木屋裡，活動範圍僅限房子周遭數百米方圓內，絕少去別處，即連四英哩外的市區我也覺得遙遠，以致對市區充滿好奇和模糊的遐想。

每次上學都要經過村外那片膠林，綿綿綠遍數哩，把村子和外界隔絕了。穿過膠林的路徑有二，一條是筆直的T字形大路，抬頭是枝椏交錯，垂目但見滿地濃蔭；另一條是繞著膠林外緣我走慣了的小路，彎曲如羊腸，寬不過盈尺，比兩旁地勢稍高；不遠處蜿蜒著一道小河，沿岸長滿青青一片蘆葦狀植物，有風吹過便舞動綠臂像歡迎小河的啦啦隊。另一旁便是一排排整齊列隊的橡膠樹。

膠林裡縱橫的排水溝渠，曾經是我們拿著畚箕捉打架魚的地方。低矮的灌木叢一簇簇的點綴著迎風懸宕的野花，藏著鳥窩和蟻巢。記得有一陣子，路旁的橡膠樹常高掛著一個大蜂巢，害我們經過時，總是把腳踏車騎得飛快的。

雨季一來，滿溢的河水連小路也淹沒了，舉目一望綠汪汪一片澤國。這時我才改走大路，大路雖也淹沒，但比小路安全得多。清早上學，天仍昏冥一片，水面反映粼粼波光，嘩啦啦的水聲中，到處滾動著此起彼落的蛙鳴，熱鬧而雄壯。我和上學的同伴，一路踩水喧鬧，推著腳踏車前進，掛在車把的鞋子一直晃啊晃，響亮的笑聲，蓋過了清晨疏落的鳥鳴。霧氣遊弋裡，我們也提心吊膽地隨時防備可能突然出現的水蛇，於是一段須走數十分鐘的水路，便充滿刺激的情趣。

放學回家，水面清可見底，每每令人忍不住停下，躡手躡腳試圖捕捉無事優游的魚兒，但總在劈哩啪啦一陣水花飛濺後，讓牠機靈的鑽進草叢裡，徒然濺了滿臉的水……。

等膠葉在時序遞嬗中轉黃，然後蕭蕭索索落了一地，疏朗的枝椏便伸向天空，刺繡成一幅線條簡潔的圖案。平日綠得化不開的膠林，霎時空曠起來，滿地落葉，令人覺得像北國的秋天。我們偶爾便會到膠林拾膠實，聽著樹上膠囊爆裂的脆響，由風兒携來經敲我們的耳鼓。心境安詳柔和，那些小小的憂愁，彷彿腳下的枯枝，被踩得粉碎。

膠林老是靜悄悄的，幾十年的歲月似乎沒在此留下什麼明顯的痕跡，鳥兒依舊在唱，風依舊在吹，村人依舊走著前人走的路；像鄉村的生活，不見壯闊的波瀾；如我的童年，總是一貫的看書玩樂，一貫的在小天地裡做著永遠做不完的夢，一切讓人覺得樸拙平靜，淡遠而溫馨。

但平靜久了，總需要一點漣漪，因此膠林便也有唯一熱鬧的時候，就是一年一度潮州話的酬神戲上演那幾天。

每次聽說又要演戲了，放學後我會特地繞大路回家。長長的路彷彿蓋了連綿的綠頂似的，把炎陽阻隔在外，工人們就在路旁指定的空地上忙碌地綁棚架，搭亞答頂；我一看內心便紮實了，知道不是謠言，於是開始計算離上演的日子還有幾天，並且懷著興奮的心情期待它的來臨。那時我們一年難得看一齣電影，除非是國慶日學校有發免費的電影招待券，但也不是每回都會輪到。而電影雖多是製作粗濫的西部牛仔片，且只有短短一小時，可是已滿足了我們對它的渴盼。

鄉下難得有什麼重大節目讓大家聚在一起，因此每次演戲，村內幾十戶人家幾乎都到了，加上附近村子湊熱鬧的人群，台下一時滿是黑壓壓的人頭，氣氛喧騰。坐在自家中搬來的長凳，老人仰首看得入神，嘆氣、搖頭，不知是為劇中人抑或是過去的自己。年輕的呼朋喚友，目光亂轉，間或爆米花似的發出一陣哄笑。小孩子手持零食小吃在人群裡戲棚下鑽動追逐，把大人那句「不要亂跑」丟在腦後。附近村子的小販全集中在這裡，有賣甘蔗水的賣零嘴的賣麵的，甚至我們村裡也有人臨時當起小販來的。

人人都在洶湧的聲浪裡沉浮，安置在橡膠樹上的播音器，更把戲中悲喜，遠遠傳開去。原本陰暗的膠林，一時燈火通明，當然，更遠些無數螢火蟲仍需自己提燈照明。

平時我們很早便睡了，只有那幾天卻是等到十二點戲落幕了才回家。偶爾媽會催我們早回，免得隔早趕不及起身上學。從鑼鼓喧天中走出來，離人群越遠，蟲鳴聲越發清晰，鋪天蓋地的交織成無垠的幽靜；水澤深處不時隱隱傳來幾聲悠悠的蛙鳴。

走出膠林，才發現月光如雪落滿了田野，幾堆明淨的白雲舒捲在暗藍的天空；我不曾在晚上離開四周滿是椰影的房子太遠，因此從未見過那麼一大片沒有阻礙的月光，坦坦蕩蕩，覆滿了我們純樸的村莊。我們不用開手電筒，踩著一地如霜，興致勃勃地一路嘰嘰呱呱，走過菜圃養雞場和短短的木橋，橋下流水在輕輕地快樂唱……。

等到一聲聲電鋸的怒吼遠遠傳來，我已即將進入市區的中學就讀。每天看到倒下的一大片膠樹，及工人們來回忙碌的身影。然後一卡車一卡車黃土把曾經的綠海變成建築工地。很快，一下子便僅剩邊緣數十株膠樹和糾葛的蔓藤野花，及一灘水澤；一切彷彿人們對膠樹殘留的記憶。偶爾，還會看到一隻寂寞的鵪鶉……。

平坦的柏油路和整齊的住宅公寓，取代了童年熟悉的景觀，令人難以相信那曾經是數萬株膠樹植根的地方。以往零落散居的幾十戶人家，也多數聚成一個畫一的住宅區，進出村子的外人也多了。我們也不像從前那樣，一看到陌生人便把目光聚焦在他身上。

市區對我不再是個模糊的想像，村子烏亮的柏油路把我的人生接到一個比較複雜的階段。

只是最難忘記膠林的月光，我不可能再擁有那麼美的月光，我想起那些快樂的身影，那些就著明月回家的孩子，有哪個想到長大要有那麼多的憂慮、將來會徬徨的沒有歸向？我不會再擁有那麼潔白的月光。我懷念那如雪的月光，像懷念逝去的真、美和溫暖……。

大馬《星洲日報》文藝春秋　一九九〇．二．六
台灣《青年日報》青年副刊　一九九〇．二．十六

夢一樣的翅膀

1、樹

夜裡一場大雷雨突然登陸，水力萬鈞，鋅板老屋如置於巨瀑下，被沖得要爆破了；害我在夢裡醒轉幾次，睏倦中又照例擔心：椰樹會不會倒下來壓塌了房子。

清晨連續交奏的鳥鳴叫醒了我，草木簷間滴滴嗒嗒淌著水珠，空氣清新得令人難以置信，飄漾著風雨洗刷後特有的草香。父親在掃著屋旁的斷枝落葉；我淡淡地聽媽媽說，哪棵木瓜樹倒了，哪棵香蕉樹被吹斜了。只是接下來那句，卻讓我快步跑到老井邊——番石榴樹真的倒了。那麼大棵的樹，是不可能再支撐起來的。我怔怔望著，又是懷念又是惆悵。記憶的錄影帶不由自主地，倒捲到和樹親密的時代。

從高空鳥瞰，我們村子和樹的關係是這樣的——一片連綿綠了數哩的膠林圍住村口；像海般，從村後河邊開始，椰樹淹沒了村子；然後其他的樹隨意地守住零落的房子，和我們的童年。

小時候，我們的樹最愛收集我們的笑聲，所以，那時的我，不懂得為一棵樹的逝去而惘然。反正周圍那麼多樹，而且樹倒，有時為我們製造了幾天異於往日的玩樂方式，比方矯夭孤瘦的椰樹，平常只能讓人仰望，它一倒，我們不止忙著剝嫩椰、啃椰芽，還要看看平常爬不上的樹頂，有沒有鳥巢或住著什麼小東西。還要興高采烈地爬上椰幹搖啊搖，滿足平日攀爬不上的欲望，看誰先跌下來，膽小的尖聲大叫，膽大的哈哈大笑。

可是每逢採椰季，讓我們羨慕的還是——只著短褲、腰插鐮刀，雙腳一套布繩，便矯健地迅速爬到樹頂的工人。站在上面，一定可以看得很遠，可以摸到頭頂的雲，而且，那是許多鳥兒的家呢。那是不可能的，我們知道，我們只能在地面想著：等園裡的椰子在屋前堆成小丘時，便可以把中間掏空，掏成深深的井，我們是井裡有時吵鬧有時安靜的小青蛙，冷月下聽一些鄉野鬼話，蟬兒一直在叫，我們的心一直在跳……。

雖然這樣的情景，一年只有三兩次。我們也不會強求，永遠有別的樹，不忘隨時邀我們吃喝玩樂，轉移我們善變的注意力，比如屋前的楊桃樹。

楊桃一熟，我們不是爭相把一棵樹擠滿，便是拿了乾椰梗在樹下打啊打。我們用愛喧嚷的嘴大口的咬，用亂瞄的眼去發現一顆害羞躲藏的楊桃。蜜蜂野蝶和我們一樣忙碌；雀鳥的歌聲早被嚇得飄到另一顆樹上了。等陽光來探視，一棵好不容易靜下來的樹，松鼠才從枝葉掩映裡探頭探腦的覓食，一聽聲響，便飛也似竄躍到鄰近的椰子樹上。

午後家裡悶熱，我喜歡坐在一處枝幹天然設計如椅的地方看書。河邊強勁的風來到這裡就溫柔了，輕輕抱住樹擺舞。整座村子很靜寂，只有幾聲鳥叫傳來……。

有一次，不曉得誰找到一個大輪胎——在車子難得一見的村子裡——輪胎也算是了不得的東西。我們把它當鞦韆，綁在老井旁番石榴樹的胳臂下，雖然盪不高，大家還是輪流著拼命地盪。那是我們初次呵番石榴樹的癢，結果大家笑成一團。平常我們也是那麼頑皮，不肯安安靜靜的坐在它的臂上，享受豐盛的賜予。不是躺臥在較低處，向廣闊的天張開自己；就是對著遠山喊叫，奇怪著山會說話。番石榴樹也是小時候，可以讓我們爬到最高的樹，稍微滿足我們向世界瞭望的好奇。

還有一些樹，因為禁忌與傳言，而讓我們對不可知的一切，感到敬畏。從我知道河邊那棵大芒果樹開始，便從大人口中曉得緊附它的、有關拿督公的掌故，以及一些衝撞者被懲罰的模糊事蹟。但只要遵照大人叮囑，不去騷擾它，我們都安安心心的，把熟了的喜悅裝滿一筐子回來。而在膠林深處，陰沉沉匍匐著好多黑色大石頭，據說會逐漸長大，我們從來不敢靠近。

但總之，可親的樹多過令人畏懼的樹。樹的平等無私，讓家庭困窘的孩子，保持了一點自尊，享受到許多難忘的歡欣。那時候，沒有一刻我們離開過樹。我們在樹的擁護下跳房子、捉迷藏、踢球、跳高、打彈珠、玩獨腳龍和官兵捉賊。我們舞刀弄劍，以彈弓遙控飛鳥生死。而且，大快朵頤——黃澄的香蕉、嫣紅的木瓜、香透的波羅蜜、甜沁的人心果——樹總是如期實現我們的等待。

沒錢買零食玩具，樹滿足我們無饜的索求，心甘情願當我們的大玩具。炎熱時是涼爽的亭子，雨來舞成一幕生動的鄉野。早上，樹讓鳥兒彈奏枝椏當我們的鬧鐘；夕陽下，樹把河邊黃昏參差排列成美麗的圖案；夜晚，樹邀來愛說故事的星星和月亮，醞釀美和安寧。

樹成功守住了一個純真的童年，開創了我想像的領域，使我想像都長了翅膀，沒有縛住一塊現實的石頭。保護我在不被汙染的小天地裡，擁有無限寬廣的冒險情趣。

我常想、樹林以外是甚麼呢？

我永遠記得，那時有一個耿耿於懷的心願，以後一定要去看看，那條河由南而北，轉了一個優美的彎後去了哪裡？但連綿的樹阻住了視線。有時傍晚，見到陌生人從河灣那兒回來，搖著櫓槳經過，我真的相信，他們一定是去了故事書裡的叢林探險。你看、每個人愉快的心情寫在臉上，一定是成功的化險為夷，尋到什麼好寶貝。

可是，家裡四周許多以往的景觀被陸續拆掉又改建，許多樹倒了，眼前的番石榴樹不是第一棵。當我開始有了哀傷與惆悵，我便知道我像每個人那樣離開了樹，只是樹從來沒有怨我，樹擋住河灣後那條車輛流量龐沛的公路，是為我好，我知道，我從來不後悔樹給我這樣的童年。

真的，樹永遠擺著守候的姿勢，等我，只是，沒有了夢一樣的翅膀，我飛不回去。

2、鳥獸蟲魚

舢舨漏水了。

二十幾歲的大哥不純熟地操著櫓槳，不想剛到河心，水便從隱密的縫隙急速湧進。不識水性的我們，心隨船身一直晃，驚慌著船可能淹沒，暈眩於一些快速撞進腦海的傳說——那個馬來人曾在海灣看過，剛開始以為是一截浮木，待牠張開血盆大口，才……。

我忘了我們怎麼能搖回河岸。那是我第一次也是我最後一次乘舢舨，沒隔多久，舢舨便壞了，使我們無法一探河流的隱祕。但鱷魚的傳說很早便深印在我們腦海。這一條河經過村後，孕育了大人隨口說出的一些，我們眼中的稀有動物，如鱉、獺、穿山甲，以及絕跡的蝦蟹。我們當時只見過魚，因家裡以危險為由，禁止小孩常往河邊跑，及至年歲稍長，視野開闊，對河流的好奇反而消失了。

反正那時，囿於知識和體驗，我們周遭便充滿了好玩刺激的情趣。

夜裡，蛾、蚊、蚋、小蟲、蟾蜍等是家中常客，不速之客或許是一隻螳螂，一隻大蚱蜢；溽暑時是引起一陣推擠躲避，繼而人人喊打的蜈蚣；雷雨時是千百隻繞著燈管飛的有翅白蟻。蟋蟀和知了一度是引我們好奇的神祕音樂家，後來總算也給我們逮個正著。

白天，這些鄰居都和我們一起生活，只是不免被我們搞得無法安寧。我們去乾燥的草叢抓蚱蜢；到處去黏很機警的蜻蜓；去搗毀螞蟻的巢穴；拔掉大黑蟻的觸鬚讓牠們撕咬；遇到冷冷瞅來的小蜥蜴，就又怕又緊張的扔石頭；大人說牠會飛插入人的肚子裡。那些蝴蝶蝸牛蜘蛛馬陸等少不得也要偶爾倒霉。

伙伴間流行鬥魚的時候，大家一呼嘯便往附近的水塘鑽。要是撈到體型碩巨，鰭紅如血，通體烏亮閃綠的鬥魚，不免打從心坎裡歡喜起來。那時每個人都夢想著一條鬥魚王，經過一番鏖戰，對方曳甲拖兵，落荒而逃，又覺得無敵的無聊。童年的興致是交互替換的，熱潮一過，每個人就意興闌珊了。

老天識趣的湊合我們的興致，不同的時序有不同的樂趣，轉眼就讓此起彼落的蛙鳴揭開雨季的序幕，在夜裡清晨熱鬧的歌唱。我們在井壁或積水的土溝裡，發現一團團的肥皂泡，裡面滿是黑色的小顆粒，起初大家不曉得是什麼名堂，不敢用手碰，光瞧也看不出什麼玄機。

一轉身便忙著動手摺紙船；玩闊大芋葉上滾溜溜的水珠；去捉路上水漥裡的大肚魚孔雀

魚；涉水去同伴水淹至膝腿的家，跨坐在乾朽的椰幹上漂浮；雖然水中有豬舍的汙穢，但無損我們像水花一樣飛濺的樂趣。日子在綿綿雨絲和雷聲隆隆中過去，等我們再去井邊土溝，清澈的水面早浮游著密麻如逗點的可愛小蝌蚪了，於是大家又趕著提水桶拿畚箕。

膠林邊的小河一下雨便水量暴漲，因此常在水稍退時捉到烏龜。據說若被牠咬了，如沒聽到雷聲是不會放開的。沒事撩撥牠時，大家都小心地拿了樹枝，看牠四腳朝天的窘態，或一齊口吐雷鳴，嚇得牠把頭縮進肚子裡。只是每次捉回來，若誰不小心忘了蓋好，烏龜就趁機逃之夭夭了。大家也不會傷心，也許是無饜的好奇，我們永遠會找到好玩的新點子。

雨季過後沒被整死的蝌蚪，大概都變成青蛙了，積水逐漸乾涸，野草因了豐沛的雨水，長得又多又密。每次在草叢裡混，少不了先打草驚蛇，雖然有幾次出其不意被嚇得腳底抹油，拔足飛奔。但若是小蛇，多在我們齊聲吆喝下，亂捧擊斃，然後把牠拖來拖去，嚇唬膽小鬼。有一次一隻小眼鏡蛇竄進家裡，當堂全家震動，在床底桌下翻箱倒櫃，上窮碧落下黃泉，結果仍不見蹤影，人人自危的睡了幾天沒事，才暗暗鬆口氣。

總之，蛇的出現平添往日不曾有的緊張氣氛，我們是又怕又愛趕熱鬧。後來又發生相關事件，使我們興奮的繪聲繪影。那一晚父親夜歸；他的車燈壞了，而村子當然沒有路燈，經過膠林時，腳踏車忽然輾過樹幹似的東西，又聽見物體曳地，穿入草堆的簌簌聲響。父親忙叫附近鄰居拿火炬趕來，那蟒蛇已不見了，但午夜遇蛇事件倒不是一下子便停息得了的，連續幾日，成為我們口中津津樂道的驚險話題。

然後我們的注意力轉移，直到忽然又出現一些較稀奇的動物，比如說猴子。牠們多數三五成群而來，在椰樹上尖叫嬉戲，抓耳搔腮，蹤躍如飛，把狗引得直吠，我們一定看到牠們盡興方罷。後來聽說有人捕殺，漸漸不見蹤跡了。提起爬樹，四腳蛇也是一把好手，常看到牠擺脫狗的追逐，迅速已極的爬到椰樹頂。當然，這種生存本能不是每次奏效，所以，有時牠不免成為我們桌上一道額外的菜，香甜可口，我們簡直忘了牠的醜樣子了。

不過，在玩彈弓的時候，什麼都比不上鳥來得吸引人。其實屋子四周原本多鳥，只是平時視若無睹罷了。屋樑上一直有麻雀築巢，清早時牠們總是最吵的，在屋裡飛進飛出。曙光微露經過小路時，往往驚飛路旁宿鳥。夜裡偶爾貓頭鷹在叫，但有時連續叫了幾個星期，父親煩了叫人來射殺。那是兩隻長得很像貓的鳥，體型極大，可是很輕。初次見到，我發現貓頭鷹並不如牠的叫聲可怕，從書上知道牠是益鳥，覺得怪可惜的。養雞場的人，也叫人射殺越聚越多的烏鴉。媽一聽鴉叫，就叫我們把小雞小鴨捉回籠裡。至於體型較小的八哥、喜鵲、啄木鳥、黃鶯、麻雀、白頭翁之流，則是我們彈弓瞄準的對象。還有好些鳥，是叫不出名稱的，有的如曇花一現，便不再見。

我第一次懼佩於鳥的勇敢，是有次摸到一窩小鳥，見到母雀羽翼鬆豎，既驚且恐，叫聲大而急促；簡直有點形同瘋狂，我們惶悚之餘，把窩放回。

記憶中我們只真正養過一隻斑鳩，是父親捉回來的，自小養大，放出籠外只能走不能飛。鳥一養在籠裡，便激不起我們的興趣了。後來雖有再捉到鳥，也都放了。玩彈弓時，整日射鳥，可射死的不過二三隻。我記得有一次射死一隻麻雀後，把牠葬了，為的是要證實，人死了是不是像大人口中所說的會腐爛生蟲。隔幾天掘來看，蛆蟲果然在鑽來鑽去，露出了骨頭。我忽然覺得麻雀很可憐，要忍受這麼醜惡的東西爬在身上，可是也好像沒有因此而不玩彈弓。

小時候，每個人的雙手多少都沾了一點血腥，只是我們不以為那是什麼殘忍的事，在鄉下，那是很自然的遊戲。那時物質匱乏，我們的玩具都是辛苦收集的紙牌，一顆顆贏回來的玻璃珠，一些各式各樣的塑膠人兒，以及親手製作的木刀木劍。別說電動玩具，凡是有一個用錢買回來的，已無比疼惜。

因此，那些鳥獸蟲魚，變成生活中不可割離的一部份，像平日見熟的鄰居，而有些是偶爾留宿的旅人，帶來了驚喜，又離去。

然後是長大，發展的步伐也隨之到來。膠林被砍伐殆盡，河對岸的澤林開拓成住宅區，一個化糞池猛然闖進我們的村子，只剩我們住家附近一帶的椰林保持原貌，但那也許是遲早的事。

所幸我們還住在那裡，記憶依稀找得到它的根源。我們仍可以看到往日的鳥獸，雖然肯定牠們的數量在減少。牠們逐日失去生存的領土，我們逐日失去最真的自己。我想，我們的無奈多少有點相似。小孩子的悲哀是進入成人世界看到美好的幻滅，成人的悲哀是走不回童年的單純真摯，而無可奈何的要活得偽飾和現實。

每個人的童年不同，但即使如何坎坷，總有一些片斷，一些感悟彌足珍貴，而人就是靠這麼一點記憶活過來的，當然也將這樣活下去。

《海華雜誌》一九九〇．六

【注】這是台灣《海華雜誌》主辦的全國僑生散文比賽，題目是〈童年往事〉。本文獲次獎。作品刊登時編輯替它取了這個篇名。

兩扇窗

在圖書館的二樓，常常面對著傍晚的兩扇窗。

一棵闊葉樹由一樓站起，密密封住右邊大半個窗，一團濃綠中往往有幾片枯黃。葉隙枝間隱隱透出對窗舊照似殘黃的燈光，和一直模糊晃動的人影。左窗可讓視線無礙穿過，直達對面幾扇被一堆堆舊書籍堵滿的窗。許久未打開了，玻璃上濛濛停滯著灰撲撲的色澤。

橫過窗口是蒼黑一列屋瓦。瓦上窄長一截梅雨初歇後白灰灰的天空。早先踱步的一對鴿子，只讓沉鬱的屋瓦悠閒一陣子便飛走了。但偶爾掠過暮歸的鳥影，微風送來鳴囀，輕搖著樹，又似有還無的穿窗……。

對著兩扇窗久了，乃發覺所有的窗都精於攝影，裱褙風景。時間總是每分每秒，從從容容替它的作品，轉換陰晴、晝夜、季節，和來往的人、物，他們的悲喜哀歡和聚散離合。

六十幾年的光陰裡，日本人的軍靴橐橐來了又走了，接著是中國人四十年代的跫音，一代一代輕重緩急的經過。不管時代人種，最後都被更邃敻的靜寂接走，悄悄堆成館內漸高的卷帙。不同的人影懷著相異的情緒在窗前駐足，迎面是當代時空渲染下的景致，也許晨陽遍灑，鳥鳴蟲嘶；也許夜黑雨斜，月淡暈殘；錯綜的心情和時代的背景交疊；窗應該沉默的拍攝了這些。

眼睛是每人擁有的窗，但比窗自由多了，不必永遠框住一面牆，而可依情性品味，自由轉換角度、高低，任意截取喜歡的風景斷片，隨興暢覽或款款細閱——攝進腦海的世界因而變得多采多姿，蘊含豐富。

而潮來潮往，物換星移，心靈的窗便一扇一扇逐一開啟了，攝入的景物，讓人深刻的記得：不同的五官和際遇；不同的時代和波濤，等等。人憑窗張望了生命中某些階段的變幻和風雨。

因此難免令人相信眼前這兩扇窗，懂得一點人生和歷史了。而在僕僕趕路的紅塵旅途上，不管行經何處，總有人愛尋找，一個可以寧靜瞻顧的，靠窗的位置。

台灣《青年日報》青年副刊　一九九二・六・二十五

大馬《星洲日報》文藝春秋（發表名稱〈由圖書館的窗想起〉）　一九九二・八・二十九

兩個十九歲

1、冬陽湖畔

歸來後，每次回想台南，記憶首先被府城的陽光灑滿，細細尋繹它的軌跡，方才出現風吹著的綠樹，矗立著古樸的街道，疏落的行人，以及冬天——它陰陰的臉色，在淡淡的陽光後。

事實上，陽光只是短暫地在草地駐足，只是隨著她隨興的坐在湖畔，又順著她黑色的瀑布溜下，悄然分散給周圍的大王椰和羊蹄甲。

悵惘不時像小浪湧上心靈的峭岸，那是屬於少年時代的愁緒。陽光轉淡，逐漸移動的陰影不斷把我推回當年初戀的心情：由於她的十九歲而引發的、錯置的感受。

2、傳斯年館內

素淨而不沾塵，沉靜而帶稚氣；這是第一印象。

早晨的陽光在書架間停留，館內敞亮，隱隱是細塵浮揚。我在閱讀資料的同時，不時感受目光的注視，抬頭：那是一張微微赧怯的笑臉。晨陽瀏亮，讓人心裡的湖，泛起粼粼的閃光。

近午，遂於影印時和她談著各自的來歷。透過窗戶，幾畦蔬菜，一棵木瓜，活在歷史重量堆疊的館的陰影下，自然幽靜，令人訝異。所以，她十九歲的臉幾乎看不到時間的風漬。經歷風霜的，面對未鑿的風景，覺得她的臉下著初雪，讓人看著不真切。

然而世間一切偶然的相遇，總是兩人帶著各自的簡歷，在彼此陌生的心靈異地，企圖按圖索驥。也許——誰知道呢，都下著小小的初雪；尋覓的，是那朦朧的時空後，一個可被掌握的自己。總之，陽光明亮，而小雪未止，景色——因此是淡淡的鬱鬱；我一直記得。

我記得她，家在館外方圓一公里以內，一個工讀性質的工作，想唸大學資管系的十九歲少女。我知道她的足音輕柔，在館內的地氈上走，悄聲無息，卻因為一場小雪，不免留下了淡淡的身影。這正如——誰能預料呢，碰上一個風翻雲湧的時代，有人為它留下一座立體的館……。

大馬《星洲日報》文藝春秋　二〇〇〇・三・十二

瓶中音樂會

音樂不是瓶子，瓶子也不是音樂。而不時我們在海岸，撿到裝滿的瓶子，微微傾側，結果倒出忍不住洋溢的樂音。我們聽到它，流動，成了風；靜止，化為月；再轉眼，溶入大氣，隱隱，是春夏秋冬的四重奏。在音符之間，聽者佇立，彷彿可以用一生去細聽。

瓶子空了，瓶中沒有音樂，音樂不會是一只瓶——空虛、而實在的樣子。

但這是不是我們的妄想：因為空虛而可以壓縮無限的音符，因為實在而可以突顯它總是由瓶腹開始，向世界開口。當它從一座心靈的荒島擲出，朝星月的方向，不是為了求救，我們可以肯定。那是來自荒島深處，密封的一段插曲，滿滿是雲濤、飛瀑、鳴囀以及花開的聲音；是私密的，屬於最孤獨的心靈，也是共同的，屬於凡生而為人者。只是海洋不免太大了，彷彿沒有人會理會甚麼瓶子，以及裡邊的一場音樂會。

而今，當一只瓶一如往常，從不同的島上擲出，我們看到一段推湧的波瀾，把它推向一群海岸逡巡者，在同一支瓶中，傾聽不同的曲音……從而念及有的音樂也許，將一如一段歷史，在某頁時空凝聚——當一切，從拋出的一條弧線開始。

大馬《星洲日報》文藝春秋　二〇〇〇．四．二

最遼闊的清早

清早醒來，立即感受到比往常多出許多寂靜；零落的鳥囀，寥寥點出周圍氣氛的悠遠。窗口安靜映著淡灰的天色和草木的寂然；隱隱流動的，只有清新空氣中浮浮漾漾的草木香。

而昨夜，我的窗外就是海——狂猛暴烈的海，掀起草木的巨浪，鼓蕩黑夜的激流，不斷撞擊我守護的小船。在一盞燈光小小的寧馨裡，細細讀著王船山的孤獨，也懷想——懷想生命波濤中遠去的帆影；狂暴總是更讓人察覺平日深埋心中、曾有的真情——親友、情人，乃至於記憶的悲歡。因此，可以想見，即使到了末世的波山濤谷，抬眼遠眺，仍有零星帆影，戮力尋找暗宇的稀星。

於是，當狂暴平息，我遂更能覺受寧謐的深沉、廣遠，超越了海，那就是今天，我從宇宙中迎來颱風過後最遼闊的清早——而鳥鳴寥落正是，海上點點的帆影……。

《中國時報》人間副刊　二〇〇七．四．二十五

3

妳聽說過義賊沒有？武俠或電影中夜走千家，劫富濟貧者流：蒙面、黑衣，與夜色同體。善於窺窗探戶，以定施取；長於藏蹤匿跡，人不能知。

妳看過這樣一個人沒有？

他輕功上乘偶立於湖上，在夜色中遙望妳垂簾的窗，並為當年初見之際，偶然的失足心中耿耿。而今雖安然踱步水面，仍不時隨回憶徘徊，看燈光剪裁妳巧燕的身影——她的側面曾讓他覺得冷，而想起那年冬天，曾經的繁花如何在心痛中凋零……。

2

妳想過有這樣一個人沒有？

有時他投擲一些心情給妳（不是叮叮噹噹的金銀），像一顆探路的石子亂人清夢；還是推窗探人的月光，令妳神思翩翩？一切的一切，都要怪妳，總是讓人……情不自禁。

妳開窗了，闃無人影——他伏在那家的簷上，或倒掛金鉤在誰人窗外？其實，他不傾慕誰家的玫瑰庭院，不株守任何一棵楊柳。只是偶爾，他忍不住回憶的邀請，低吟踱蹀於水柳掩映的湖面，然不陷足妳小巧的花圃——它們真的，長得像妳好看的十九歲。

1

妳不想見這個人的，也許。

他總是蒙面黑衣，安於這樣的遊戲，引人好奇而不欲令妳銀牙暗挫，只想讓妳的生活有期待的驚喜，聊以自娛；總之，並無惡意。且雖行義，然終為賊，要昭然表白於天下，總需細細思量，要好一陣子拿不定主意。

或謂其人膽小，正一鼠輩而已，不值細查暗訪。其實並非如此，乃是江湖闖蕩，總是不免人間恨事，另有隱情。

往事不提，至於暗訪，則歡迎無所事事、心血來潮時一試。官兵總得捉強盜，要不，他也會覺得太寂寞太安逸，英雄無用武之地了。

0

妳想過有這麼一個人的，也許。

當心底的潮汐，想湧向溫婉的海岸，他容或騰身而起，曲膝旋身，嗖，留下一分心情，像甚麼呢？隨妳。所以——

這一次他又投書來了。輕巧如燕銜了一塊泥，迅速趕在妳的微笑綻放之際——咿！妳推窗，妳看到甚麼了？湖面有字，細看，彷彿是：無情不似多情苦。回身，見桌上有信，打開，沒有署名。是「一枝梅」抑或「我來也」？還是不繫之舟？眼前有霧，裊裊升起……。

《中國時報》人間副刊　二〇〇七・五・三十

【注】這是一封當年真正投寄出去的情書（一笑），寫於一九九四年。

目光

0

我時常好奇，人要如何具備洞察世界的目光。下列，不過思索的一鱗半爪。讀者若覺不具體，僅僅因為——作者還在這條摸索的道上罷了。

1

天文望遠鏡和顯微鏡相繼出現後，一六一〇年伽利略出版《星際信使》，看清無數小星星組成銀河，光滑的月亮是凹凸的球體，木星周圍有四顆小星。羅伯・虎克於一六六五年出版《顯微鏡學》，寄生蟲大如巨象，一滴水有千百微小生物。從此，人類看世界的目光較以往細，比從前遠。

然而，洞察力不因外在儀器精良而自然具有，依舊遺落在人心最容易遭受蒙蔽的地方。而且，一旦有人發現它，某些狹隘的心靈，不免投注質疑的目光，擺出抗拒的武器，甚至企圖毀謗、加以消滅。

比伽利略更早之前，哥白尼撰成《天體運行論》，確立太陽中心說，擔憂教會與科學界的保守勢力，遲遲不敢發表。義大利哲學家布魯諾接受他的理論，甚至更激進，教會把他燒死於羅馬廣場。而之後達爾文的十九世紀稍微開明，《物種起源》出版，依然在科學與宗教界引發濤瀾，抨擊連番而至。少數的讚譽，珍貴，一如鑽石。

2

在任何專門領域內，由點而連成線、綴成面，是許多聰明才智之士可以辦到的，這裡頭不乏洞察力的表現；然而，再往上呢？

黑幼龍於《贏在影響力》說了英國著名管理大師韓第的故事。

父親過世時，韓第是倫敦商學院教授，聲名卓著，春風得意。他尊重父親，但終其一生父親只是鄉間牧師，令他有點失望。他抱著光耀門楣的心理參加葬禮，卻目睹送行隊伍大排長龍，需警察維持秩序，不由浮起疑問：誰會流淚參加我的喪禮？成功的意義是甚麼呢？誰比較成功？我，還是父親？

原來，在商管領域他具備「面」的能力，視諸其他，卻可能只有「點」的目光。那麼，再往上呢？

3

《世說新語》記載晉明帝小時候的故事。

晉元帝問他：長安比起太陽，那一個距離遠？回答說太陽遠，因不曾聽說有人從太陽那兒來。翌日群臣宴會，元帝重問明帝，回答說：太陽近。元帝失色，問答案何以異於昨日？明帝回答：舉目便見太陽，卻無法看到長安。

兩個答案雖然皆可歸類為常識，不過，前者頗類科學層面的回答，後者是從感官或情感面的答覆。元帝彼時年幼，回話卻融合了自然與人文的寓意，充滿睿智。

4

人們能否注視顯微鏡的同時，感知外面的大宇宙；從天文望遠鏡裡眺望銀河星系，宛如顯微鏡裡細微的分子；小大互涵、廣狹相攝？

哥白尼和達爾文的理論，部分以推論方式獲致。W. C. 丹皮爾的《科學史》說，文藝復興時期的科學，雖然主要靠歐基里德和其他希臘數學家的方法在發展，但仍存有形而上學的成分。哥白尼自承仔細研究一切他所能找到的哲學著作，針對以亞里斯多德的權威樹立起來的地心說提出質疑，以數學印証了日心說。

達爾文除了實地觀察累積數據，進化論的建立同時參酌孔德的哲學、亞當斯密的經濟學及阿道夫．凱特爾的統計學觀點。

兩位天才少年徐安廬、徐安祺所著《科學家的誕生：十一位傑出華裔科學家訪談錄》裡，大都提到要興趣廣泛，其中五位特別強調文學藝術的重要性。「想像比知識重要」，愛因斯坦說。原來，科學理論的創發，不全來自科學的影響。

5

最極致的洞察力，可以看得深遠，能夠見得廣博，乘著時間，遊歷空間，這種目光，常常遺落在人心最容易遭受蒙蔽的地方，從古至今，一路如是，但從不排斥眾人的找尋。我們一般叫它——智慧。而推動它、讓它呈露的，通常我們叫它——勇氣。雖然有人說智慧恆處於幽黯，不易獲致；但成功與快樂，總與它並行。這說明，人生值得以它為目標。

所以，常人所凝注，等而下之是「點」，中上者為「面」；而從點、面二維看待世界的，總是佔多數，無法丈量智慧的體積。因為，智慧是立體的，猶如一顆地球，在宇宙中旋轉，往四面發放它幽藍的芒。

從遙遠外太空望去，恰似一個智者，沉思的目光——。

清雲科技大學《清雲校刊》二八二期第一版【專論】　二〇〇六・十一・五

如豆

0

在《傑克與豌豆》的童話裡，當傑克最後把高入雲霄的豌豆砍倒時，並不知道豌豆的神奇故事，其實還未結束。

1

當然，這樣神奇的事，現實世界極之罕見；與豆相關的，多數是神奇的反面。例如與豆結合的飲食詞彙，往往指低賤者，「豆飯」即喻食物之粗淡。作為修辭，豆通常用以形容小意，譬如「膽小如豆」、「目光如豆」；「簞食豆羹」則以少量飲食比喻小利。由著名典故濃縮的成語「煮豆燃萁」，說的偏偏是三國曹丕與曹植的兄弟相殘。

至於神怪小說裡有「撒豆成兵」、舊時白蓮教有「豆人紙馬」之說，皆指用豆幻化具體事物：人、馬或一支軍隊。然而，它們同樣發生在小說或巫術裡，不屬現實的領域。

2

現實世界裡的豌豆，它神奇的光彩綻始於一八五四年的夏天，位於柏諾Brno（今捷克）的修道院裡。陽光如瀑，一位修士正巡視他三萬多棵的豌豆，細心記下高矮、顏色、種子形狀等。如是者，八年。這個豌豆的雜交實驗，成果發表於一八六五年。

早在一八五九年，達爾文出版了《物種原始論》。他描述了物種變異的事實，卻無法以理論闡明變異的由來。而最後當上柏諾修道院院長的修士，卻是以理論闡明達爾文物種進化論——那是違反神學的作為——的第一人。學者謂，他雖然研究生物雜交實驗，其思路卻是物理學式的，因此能以「『生物形質受微小粒子控制』的（基因）概念設計實驗，並以統計學概念量化實驗結果」（王道還〈孟德爾宣讀豌豆實驗結果〉，《科學發展》三六三期）。

遺傳學理論，遂奠基於此。他叫孟德爾——一個曾因動物學成績太差，無法通過教師資格的人。等DNA雙螺旋結構由未滿廿五歲的華生於一九五三年解開，時間還不到一百年。

夏日隨風搖曳的豌豆，花形如蝶，飛舞著白色、紅色、紫色的羽翅，並不知道在解開最神祕謎團之一的道路上，它對人類貢獻巨大。因為，它本來就是最平常不過的植物。

3

從其大量的分布，奠定了它的平凡。

一路由起源地（亞洲西部、地中海等地區）擴散，廣泛分布全世界，顯示它極強的適應力。而它與其他的同宗，號稱植物中的肉。不論東方、西方，在早期缺乏肉食的年代，可以想見，廉價的豌豆提供人們豐富的蛋白質、維他命與礦物質。中醫甚至說它「補益中氣」，在健壯人們的體魄上，它居功厥偉。我們不能不說：它真是神奇的豆子。

在幻術或神怪小說裡，豆子非常適合用來顯示術士或妖神的能力，其故或許正因其低賤、平凡的秉性。因為，從極度平凡一躍而極度神奇，其間落差如此之巨，永遠能攫住眾人的目光。以是，人們樂意對生存貢獻頗大的豆，在想像世界裡展現它的不平凡。

「撒豆成兵」遂與「呼風喚雨」、「騰雲駕霧」等同義，成為表示神通廣大的常用語。而傑克故事裡的豌豆，不止有城堡、財富（金幣、金雞母），還有音樂（豎琴），其所隱喻的，也許就是豌豆在現實世界予人的豐富性——平凡，正是它成為不平凡的原因。

4

中國栽植豌豆，據說已有兩千多年的歷史。豌豆又有別名叫回紇豆。回紇所在，屬於往昔泛稱西域一帶，正是豌豆（亞洲西部）的起源地。異名保留了起源地的來歷。而在台灣，它又叫荷蘭豆，相傳它是隨荷蘭征服者的腳步傳入的，早歲栽植於彰化縣一帶。

這個別名，隱藏的是——一小段台灣的歷史。每天，人們咀嚼它，把數百年的歷史拉到眼前、嘴內，再通過腸胃，自然消化了當年歷史的澀味；習以為常，不以為異，完全無視於豌豆這段神奇的經歷。

5

「如豆」，是說像豆子一般。通常與它聯繫的，是小、淺之意，不是好語。然而，當我們願意以時空為經，中西為緯；察視現實，關注想像，對照文理：以東方與西方、現實與想像、文科與理科等不同層次，進行一場雜交實驗，既看特殊，亦重普遍；或許，正如平凡的豌豆總予世人驚奇一般，人們將樂於發現：小小一顆豆子，也有它——廣大的世界。

清雲科技大學《清雲校刊》二九三期第一版【專論】　二〇〇八．三．五

銀河樹

一九八八年秋我初抵台灣，是以失望開始的。這個國度，並未展現十七歲以來自不少散文家、詩人、小說家所描繪的那種樣貌。台北，並非我朝思暮想的長安。

城市建築相互傾軋，牆面長滿斑斑；招牌逼擠刺爍的霓虹，無數鐵窗鏽跡，垂吊花草懨懨蒙塵。車輛塞堵復爭道競速，機車似銳利的亂流。永遠不上道的馬路，每一條皆挖掘、填補以呈凹凸，彷彿當局拼命維護的傳統。

紅磚道常見崩缺，路上找不到垃圾筒，尿急難覓公廁……。樓層潮濕的陰影滋生如蟻的行人，塵囂暴烈的噪音四處浮動。夜晚巷弄洞開，燈光闇忽，潦草繪制千篇一律的敝敗與粗陋。

然而，事隔一年多吧；某日公車上漠漠眺望，玻璃黏糊我的臉，陣陣熟悉感忽地強襲而至——心裡一動：這情景，我夢過的。

或許，幽遠的前世我曾佇足。

最後三〇〇〇公尺

一九九四年暑假，晨光毒辣照射台大操場，甫從中華路打工回來，我準備上暑修課：大五延畢當掉的體育。當時跑步是我最討厭的運動——很難想像習於赤腳追逐的鄉下孩子，最後極度厭惡它；只能說上課和老家足底生塵的遊戲大不同——每趟結束胸脹痛、氣欲斷，還得挨老師臭罵。

苦撐兩堂，買顆小玉西瓜囫圇當午餐。十二點前到長春路標準舞夜總會，當遞茶水、獻毛巾的小弟。七點下班，晚上再至肯德基上大夜至凌晨。翌日五點半，騎貼滿膠布破爛的機車——嘶吼的引擎將它逼近解體，卻總安然載我往返——抵西門町清掃服飾店，惶急趕回操練。

某晨，剛從上鋪爬下累極睡著了，夢見自己飛行，地板變成大片大片快速刷過的黃土，啊是中國北方的高原。我雙手前舉如超人，平穩直飛，耳際呼呼灌滿不屬此地的，風。

那是我第一次記得的飛翔夢。

暑假過後，我將赴國立中央大學讀中文所。

鳳凰木・春雨

張蓓蓓老師六朝的課接近尾聲。

五月，三樓教室廊外老是碧森森的鳳凰木，總算有新動靜：它終於開花了。宛似幽峭挺拔的心靈和風度，替傾覆的朝代，碎碎人心，留下豁醒的猩紅。

我常常看著。

悄悄靜靜夏日已至，而大學生涯行將結束。

可是總覺六朝遺緒未了，反而花事方燦，因它是自上中文課以來最美的經驗。且將這些絕好打包，回鄉反芻的心志動搖了。我決定將東歸轉往下扎：延畢，報考規畫以外的中文所。

彼時我早在總圖書館工讀，坐鎮櫃檯，或者上架排書。

現想來它似乎八德路經已歇業的恐龍餐廳。

——入門即是巍盤巨獸鏤空的白堊骨骼，稜稜森森攀爬而為四處的樓梯、通道。它的巨大復衍伸進入、穿破水泥，暴突的頭顱成為牆飾。裡邊挑高寬敞似大窟巖，或竟是更大龍獸的腹腔；布滿相互勾連的洞穴孔竅，饕客密麻麻吃喝台菜、尚青啤酒，約略是蠕動其中的寄生蟲罷。

餐畢出來，回望超大尾的恐龍招牌，鼓吻奮爪的咆哮高懸建築物頂端，在沙漠化的街景猶似原始遺物出土，迥異非凡。

總圖之於我，頗類知識沙漠上的恐龍考古。

恆是低矮晦暗逼仄的體腔，無形的血氣卻四通八達，將知識和智慧往無限輸運。曖曖塵粉遮蔽科學和宗教糾結的筋脈，索引佚失的架子暗遺文學的涎液，角隅凌亂堆疊我遇見形上學的頭顱。有些裝幀皮骨支離，卻可能盛載血肉甘甜的驚喜。不同學科的書名，仿似抛擲異獸腦海的魚鉤，樂於誘釣我田調的好奇。

於是，興趣如蛛網居於中心，在不起眼的角落，悄悄將我的人生張掛起來——而這，才是我最大的考古發現。約略那段時間，我期待、我願意不求甚解如淵明，是個馬馬虎虎的百科全書派，可以任意登入諸多領域，自得其樂。

這樣的餘緒往街道延伸，便是公館舊書店、新生南路光華商場，訪尋星飛雲散的鱗爪。那些炎夏、寒流的黃昏和夜晚，閒坐知識樹的涼陰，將颯颯冷意，觀作落葉澄黃，讓雨任意標注書籍和我的眷戀與幸福。

歸來，每本皆仔細擦拭，並一一登入簿子，略依圖書分類，涵蓋總類、哲學、宗教、自然科學、社會學、史地、語文、美術等，隱約懷想這些離散者，日後將被某個熱點焊接起來。

古代知識在我掌心，漸有專屬的溫度。

所以最後一年三月，楚辭簡直是從春雨釀就的。澤畔愁苦行吟，辭句抑鬱蕭森，而一一經清鮮的綠蕩滌，走廊的窗一扇一扇展示，便是我自室內可以瞥見的，文學院娉婷的春天。

憑窗處，光恆雕塑那旁聽女子的倩影，若江汀之幽蘭。前方彭毅老師遒媚的板書，勾勒詩人荊棘的命運，駕六龍遠遊碰壁想像邊界，叩天問無語而怔忡，而依依回歸蘭蕙香草，佩長劍而陸離，一片丹心。

教室潮潤晦冥，淅淅瀝瀝，雨音響自四壁，而舊木桌椅安靜，等待抽芽。

龍蛇男一

若說同鄉互動，印象大略僅及幾次赴師大兩校聯誼，以及台大植物館罷，模糊的談文論藝。我參與的意願低，一來和高中文風社相似，雖層次有別；二則我不關注政治性議題；三是很奇怪地，毫不熱衷接觸台灣作家，即使在大馬曾極度喜愛的。

那時慢慢明白：無須面晤作者，這裡的文化水土，足夠栽種我所有精神的穀物。我漸次習慣粗製的市容，唯願心靈往無限生長。

最濃的同鄉經驗，反是志敏男一舍的咖哩閒聚。具體全忘了，但不外創作、文學，或某些時事議論吧。間與志敏談談美學、藝術。印象中少有辯駁，只是融洽和樂。而其時持續寫詩，傳統學問的興趣極淺，理性尚處胚胎期，即使現代文學，觀點和少年時代相差無幾。

大為和錦樹於我是福利社的雪泥鴻爪，少見於咖哩聚。一次錦樹委婉說姚拓先生臨老方寫少年事，當時甫獲海華散文次獎，題目正是童年。大為則是工具箱得花蹤獎，談些看法。其他偶遇或有，這兩次印象較深。

大三之後，彼等或回鄉或讀研所。

破舊的男一舍常是衣鞋食物霉腐諸般異味匯湊，再加旺盛揮發的雄性賀爾蒙，號稱台大怪咖集中地。一切實的虛的雜亂如遍地纏結蔓延的電線，延伸至外則是宿舍攀滿爬牆虎，春夏緊緊包裹一團鬼綠。秋冬乾枯根莖密布似靜脈，袒露衰敗。即使走廊、寢室開燈，整棟宿舍似乎老缺電，拋錨在晝和夜的邊境。晚上一管管走道盡頭冥濛，不知將通往何處的異次元。

除了最熱鬧明亮的，地下室福利社。

最後兩年，一、三、六舍福利社中午至夜半，每隔兩小時播電影：一二〇寸大螢幕，雷射影碟。男一更率先推出宵夜佳片。

那是晃搖螢幕碩大的陽具、豐乳和肥臀，唾液和體液的造浪運動，而諸多雄性背影疊成實騰騰的堤壩，堵住衝激四壁的淫語潮波紋風不動；眾多眼目靜肅，如觀藝術。香港三級片流行，擋不住的風情讓人自願罰站桌上椅上，踮腳尖、延伸脖頸讓視線衝決前方黑魆魆的千軍萬馬。

不久教官獲悉，嚴禁；接著聽說他門口遭潑糞。而男六則隔街呼應，某日有人以中庭為環繞音響，呻吟以最高聲量迸放，全棟俱聞。

其後女宿放映A片上報，轟動社會版。

末則唐山書店悄悄擺些私印刊物；我第一次見到這鮮詞：酷兒。

這類情與色的衝擊大約啟示：人人擁有一副多元的身體。

——它是藝術的，它是色情的。它是神聖的，它是羞恥的。它是美麗的，它是醜陋的。它是乾淨的，它是污穢的。它是異性戀的，它是同性戀的等等，即使同一肉身詮釋不定於一，何況其餘？

所以男一最美時刻是秋冬，欒樹株株噴灑狂花，星狀燦黃瞬轉嫩紅、暗紅蒴果，終則土褐，綠葉隨之染黃零落。

整棵樹幻變如一場顏彩的暴動，俗稱四色樹。

一無所有的自信

我接觸禪宗的因緣，始自一次翻閱閣樓的經驗。

大一某晚至男一訪日新學長，在那兒見到隨手取看。忽然身後門響，有人回來，大手搶走裸女，道：「看這幹嘛？有沒有讀過這些？」

暗昏昏那骨架嶙峋的高大影子，丟來一疊楞伽經講義。

他是學長室友，恆春人王維德。自此相偕新生南路禪堂上課。禪師張姓，南先生弟子。兩學期後中輟。至大四禪堂移至今台大對面誠品樓上，再將數息技巧練熟，勤習有年。未選修中文系前，除現代文學，最常買志文出版的禪宗書籍。覽讀公案，激賞大和尚自在勘破空有。兩三年後接觸莊子，更愛他奇想聯翩以翻空出奇，文意縱橫而深契大道，徹底成為小書迷。

大一下開始養活自己，工讀往往是體力勞動，尤其做工地蓬首垢面，衣褲髒污，偶引來宿舍他人注目。心虛、羞恥常令我不自在，並連上十七歲初次萌生，關於自卑的困惑：人為何須有甚麼、會甚麼才有自信？

日後漸次設想：一個人沒學歷、金錢、家世、名望、地位，甚至聰明才智、容貌身材，可否如一塊石頭憑倚地球存在，自然頂天立地？

從此，鍛煉一無所有的自信：試圖解開「有」和「自信」並無必然的鐐銬，習練泰然處於無，且對他人所有所能，既不羨慕嫉妒，乃至嘆賞祝福。

真正的自信一絲不掛，盡撤所有護衛意識，暴露一切不遮掩（其間當有最深之困窘、最匱乏無能那一層），然並非處處向人宣說，亦非充當怠惰的藉口；而是倘不得已攤陳自身所缺，眾人鄙夷輕蔑或其餘，其心夷然不懼，隨時向天地、世界坦然張臂，洞然正視現階段這樣的自己。

心緒無波，安之若命。

此因在「空」無所執處，漸生最寬廣「有」的了悟：所謂生命的風光正是這無人、無物可摧毀剝奪，而如裸鑽坦蕩的自性。

它由「空」而漸「有」。世俗的自信、尊嚴，不過其初級版罷了。

生活以外，彼時尚有學業、感情等不順交迫；痛苦、疑懼、哀傷與彷徨反覆，常似礫石橫卡胸腔；更像鏟子或挖土機，不停刨掘、移奪心靈潤麗的春泥，終而暴露最醜惡、最肅殺的凍土，那即是死亡——遂接壤十七歲另一困惑：生命究竟是甚麼？

小心翼翼靠近死，經由閱讀慘烈戰役如：南京大屠殺、侵華日記；自六朝史喪亡的數據，任屍體山積浮映眼目。經由吃排骨便當看殭屍、戰爭片子的血腥與噁爛，化身為角色被追殺至斃命前一秒。

彷彿自虐催吐，彎鉤指尖掏挖恐懼。

由是明白生存本能才是最強的自我防衛。當困苦威脅你的活而感死亡躡近，放下純屬侈談，而其外顯正是恐懼，難以斷滅降服。

〈工具箱〉是這類思考的起點。於工地鏟沙、搬模板、攀鷹架，試以肉身鉤抉它。費時漫長，才像溺者克服水，潛入意識深海，蠡測箇中虛實。

死與活，自信和自性；那幾年，詩篇大抵依此開展。

後來讀碩博，研究中國思想乃至創作武俠，遂與諸文友分途，即是選擇回歸、隱跡生命於傳統；繼續前走，循當年禪宗、莊子之舊路。

星海

暑假三千公尺是我最後一哩。而隔三千公里的南中國海，十七歲的文風社才是起點。二十六相較十七，我跑九年方入門。

奇怪的是，如今想起剛進大學，初次和學長姐騎單車至師大聚會——晚風沁涼，路旁芒花飄搖，行經和平、新生陸橋，車子燈流暴亮，來回交劃投射，盈耳噪騰——那一刻的一念：台大出現溫瑞安、黃英俊、傅承得等；以是分發時執意只讀這一所：我來了，我加入這個行列。

但在記憶實景裡熱鬧全消，僅餘環周的幽昧和蒼蒼芒花，以及更遠的天上，湛然清寂。

秋夜如一棵黑森森的參天樹，掛滿宇宙的星斗。

於遙遠的光年之外，纍纍開謝，彷彿無關人間，我們罕見措意：但微微閃亮罷了，終歸是無用。

唯永夜縱橫舒展它蒼茫的枝脈，讓星光張開如傘，灑下涼陰。這一棵光年的銀河樹，這整座遼闊的星海——以往，我覺得它是甚麼呢？

它甚麼都不是啊。

然近幾年，當我持續日常鍛煉，如熠熠小樹扎根生命的夢土，方隱隱明白：相較文學的隊伍，我樂意、我祈願自己乘涼銀河樹，啜飲電露，打掃凋謝的光，隱沒大氣，神智清明。

——如蜉蝣，但寄生每一剎的光芒。

《聯合報》副刊【留台那些年——馬華作家專輯四之三】　二〇一三・十二・二十五

【注】本文應黃錦樹發起大馬人書寫「我們留台那些年」而作。後收入黃錦樹・張錦忠・李宗舜主編《我們留臺那些年》，有人出版社，二〇一四。

那刻在時間火燄的名字

1

他離開摩天大樓的時候，微雨，起霧了。

經過轉角四分之三的路段，柏油路連上驢馬的車轍，時空開始移換。

用江河的目光回望，科技園區埋沒於眼前古代草野所製造出來的大霧，燈光星星浮漾，似漁火。而腳下水湄的蘆葦嗦嗦密密朝未來生長。

霧是有感知的幽魂，始終相伴。

——你來了。

那些潛伏的、堅毅精剛的虎衛如期出現，迎接。

秋風呢喃，像腐葉裡不斷冒茁的芝菌。

嚮箭穿越漫山遍野的暴雨，勁疾射進河山憂慼的面容。
電腦螢幕上，流星劃過鮮烈的亮點。
世界各地，許多隱密的觀看者按捺躍動的鍵盤，心忖：他登入了……。
於是內建的背景音樂由重金屬徹頭徹尾改換：無名簫如游龍，琴音猶鶴，回翔九天之上。那是我們這時代的傳說，圖騰一樣銘刻心的ＩＣ板。

2

啊聚義廳裡，火炬繼續焚燒剩餘的時光。
那兒，有沒有你的名字？
我們的影子匍匐你腳下，安靜感受荷香似飄散若有若無的暖。
否則，即將隨時準備被吞噬為黑暗。

3

祕笈的文字如江湖的險刃粼粼，幻變無方，是我們當代的謎，苦思冥索，並且遍體鱗傷。

許多人的未來鎖在或蒼白或陰暗或絕望的字詞裡，無法動彈。你踱進來，揚擲江南霹靂彈，毫不猶豫付諸熊熊烈火。

「這無量的灰燼正好用來施肥。」你洒然：「貧瘠的夢想，亟需它的滋養。」

因為行動——是所有閱讀的答案。

4

莽蒼大野，神區鬼奧，那些人劍隨雲走，掌印石穿；八步驅趕空虛的風，登萍渡越無聊的水。學老松盤坐，觀往事如煙。彈指驚破春花，長嘯調弄鷹鳥。

而你寧願輾轉諸大山腳，跟隨苦難流徙，和窮人生火、取暖，穿越死亡將瘟疫帶至坐而論劍的光明頂。

如是，天地乃有回音如雷：

讓俠客下山——。

5

熱蘭遮城的戰役進入尾聲，英烈的人物闔眼。
——你是亞熱帶寧靜的清陰，和鳴蟬。
他揹家族的聲望如巨牆，浴血命運惡谷。
——有風螺旋龍捲，騰升億萬自由的鬼蝶。
來自京城的青衫刺客，往返和情與義纏鬥。
——老梅樹英英佇候，以友誼的茶香。
跛腳的俠士激戰伏魔，心痛哭倒大江。
——啊東風吹散紙錢，拂送母愛的忘憂草。
捕頭迷失複雜如人心的街巷，蒼天無語。
——死牢有魔鬼的塗鴉：許多疑惑都是心鼓的回響。
那後生在現實困圍的院子練太極，步履如蹚泥。
——竹影輕晃，他瞥見天心月圓，在自家的破屋瓦上。

6

你乘風的時光河淌流天際，蜿蜒遠上白雲端；而你逍遙渡江的一葦，棄置巨石旁。那堅硬的花崗岩，上頭是赫赫威名的金剛指力摩崖：

世界上只有一種人，就是需要關心的人。

時間的潮汐從此避退三尺，畏敬無法撲前。

7

啊許多故事如蘆葦花絮，被這句話颳吹，飄飛四方，落地競相朝未來生長。

於是雪山野澤、危崖玄谷，許多油燈熄了，因為走長途的人正要出關趕路呢。

以別離的悵惘、用千里的壯志，來構建前方一座萬頃江湖的波瀾。

在狂沙的征途，他們以古老的打火石，不停敲亮現代世界最幽沉的夜晚。

——因為我們想望，那鏤刻在時間的火焰上，你的名字，雷擊九天的電光。

《明日武俠電子報》第二四二期　二〇一四・六・二十

【注一】本文第五節所述情境，分別出現在以下六位作者書中：（一）施達樂《浪花群英傳》。（二）沈默《天敵》。（三）趙晨光《浩然劍》。（四）黃健《王雨煙》。（五）徐行《跖狗》。（六）慕容無言《楊無敵》。

【注二】本文應《明日武俠電子報》主編沈默發起「溫武七劍六刃計畫」而作。所謂「七劍」乃是溫世仁武俠小說百萬大賞歷屆（第一至第九屆）的七位長篇首獎得主；六刃是短篇首獎六位得主（第四屆至第九屆）。因溫武徵文比賽將於第十屆（二〇一四年）落幕，故沈默請我等作漫長的告別。本文中「你」，指的是溫世仁先生。「這世界上只有一種人，就是需要關心的人」引自溫先生語。

卷三

序跋：補天術

屋連湖水筆墨潤　窗近花蔭琴書香

我對山城的認識是頗模糊的，一直感覺它只是我曾經路過數次的一座城市，至於城附近著名的霹靂洞，也僅是曾瀏覽的所謂的名勝，印象不深，自然不曉得以往——大約是七〇年代末吧，有人會在學校假期時到洞內寫字畫畫，藉著墨韻，一筆一畫試圖拉近南洋與中國的距離；更無從知道陌生的山城裡，一位小孩和筆墨之美結下不解緣的經歷。

曾經他用兩句詩概括了那一段耽溺於書書寫寫，以致懂事比同齡小孩稍晚的歲月：「屋連湖水筆墨潤，窗近花蔭琴書香。」因此，在貧脊的，不足於蓬勃伸展中國文化的濃蔭的南洋土地，這一段際遇不能不說帶了那麼一點傳奇。

後來我和他在離山城千里之遙的林口初次相遇。四年後，在台南某公寓頂樓才聽他說起。七八坪的房裡，堆滿書、照片、書畫，由於往事難得的介入，一圈燈光遂充滿了回憶的暈黃。我這才省起，在我們的交往中他似乎很少提及過去，目前與未來才是他比較孜孜矻矻的經營。

窗外是他住了四年的台南的夜。由五層樓高的窗往外望，星光自然比當年在山城的，近多了。而今日如此的星光，顯然來自努力的累積。尤其是不止一次他讓偷偷點亮的燭光，照著悄悄練字的自己，一鉤一勒之際，又怕燭光照醒家人的夢，在他們的夢裡，他這個從小成績優良的么兒，早變成了醫生律師之流了。

因此，許多夜晚的燭光是亮在他們的夢外的，只亮在用筆墨詩文構建起來的，他未來的夢裡。而且他總是時時闖出家人為他設計的未來的藍圖，沿一條他們難以理解的路徑，找到書畫老師隱蔽的茅舍竹籬，並且，非常喜歡的，喜歡上了竹。

那一年，他十四歲。

十四歲的那一年在某海邊，他的朋友拿起一部借來的相機瞄準海，並告訴他：「這樣，就可以帶回一整座真實的海。」

也許正因為一個平常不善修辭的友人，在拿著相機對自然的深廣時忽然說出一句詩意洋溢的話，他用辛苦儲蓄的錢買了一部相機，執意留下年少回憶的美麗。漸漸地，像書畫延伸出一個人內在的美，攝影也不再僅僅是手中一部相機，而是對外在景物的呈現與流連，滲入轉化為對生命意涵的探索和收穫……。

府城的夜漸漸深了，像十四歲那座深深的海，一尾魚遠遠回來在珊瑚礁石之間尋覓牠的曩昔。

高中畢業後兩年的記者生涯裡，他的鎂光與筆鋒，總是徘徊在山城稀少的文化與藝術的題材上；某會館的歷史、某畫展、某女高音的歌唱……。並開始和各地文友或寫作者相聚研討，在匆匆的所謂幾天幾夜的文藝營裡。但彷彿再多的獎盃，最後盛住的仍是一個小小的空虛，累積成更大更深的空洞。

一個盛滿熠熠星光的天空遂成為他忍不住的希冀。

而台南的陽光總是隨意照著，像山城，唯街道隨腳步進出的歷史文化，頗厚的一疊充實壓在心頭，是年輕的山城所缺乏的。時光飛逝，他一層層的往上爬，終於在五層樓望見比以往更多的星光了。

由五層樓往外望，由於視野較寬廣，神州西南起伏不平的層巒疊嶂，便隱隱在眼前浮現，納入心胸，吞吐雲霧，成為夢中繚繞的山水密境，等待腳步的開啟。一條大陸西南行的路線如此美的，逐漸在跳動的心頭成形，清晰、曲折且深邃……。

房裡因未及整理而略顯凌亂，書籍堆放、桌椅散置，高高低低、燈光流淌下影影綽綽，口中追憶的那些大山巨川，因此更形具體。

由峨嵋的天下秀迤麗登上，青城的深幽；由炎炎盛夏而至雪山的雪花飛舞；千多里的趣途，山連綿，水掩映於翠微。一路已微醺，更那堪九寨溝的不似人間，山溫水柔任人醉？青峰深藏的湖鏡不只鑑照著雲霧的聚散，也反映著一個初臨的秋。風塵僕僕的身心走到這，越走越澄靜，終於也臨鑑出一個真淳的自己。

在美的目光的剪裁下，一張張照片已不全然真實，一切的意在言外，成為穎慧的心靈必須親自探索才能攫獲的，自然的真意。而更宛曲的是當地民情之蘊藉真樸，一個民族的歷史總是像背後的山路，彎曲崎嶇，不盡的美又不盡的艱辛，更令人覺得豐富。

一趟大陸西南行，他把詩書影結為一體。可是由大馬而台灣而中國，彷彿是不同的國度，令人疑惑、矛盾，內心激盪衝突難以融合，又隱隱有一根線連接起地理上的差異，穿織起不同歲月中的際遇；那是自小便在血脈中穿行的，吟過寫過的詩句，在這趟旅途中，一一擴大，延伸成腳底下、視線中遼敻的真實，最後在生命最底層醞釀，芬芳成詩書畫影。在中國的懷抱裡旅行，六十天的腳程被反芻成對自我以及藝術生命的創作，這該是他最能深刻體認的收穫。

可是這一次旅行顯然無法饜足他對中國的飢渴。這一回他擺脫了西南的千里蔥鬱，也不想北上沾惹江南的荷花十里；而是孤身到大陸西北，走一趟絲路。

漫天的風沙，荒涼的景致，總是一路伴隨這條長長的歷史之路。幾千年過去，幾千萬人化為塵沙飛揚，依舊有人成群或單獨，來去這條路上。如果說它是每個人追求理想的一條路，倒不如說它在此印證生命絡繹於途。

它的一望無涯際，它的塵歸塵，土歸土，也許令人覺得虛無，可是人們偏偏是以如此實在的軀體，如此確實的心跳走這趟路。如何在虛無與實在間掌握住自己的心靈，不被廣大時空壓縮得無影無蹤，我想這是一個藝術工作者面臨絲路最大的挑戰。

而人生是否真虛無，藝術是否真不朽？更需一顆經得起時空淬鍊的心靈去探索終極的答案。但無論如何，真理的追尋須由自己親身經歷，別人無法取代。我相信經由這些提煉出來的體悟，一個藝術工作者才能因此開展境界，藉時空巨鎚的轟擊，豁然撞碎一間房對肉體的囿限，一座小我的堡壘對心靈的禁錮。而所謂氣節，所謂風骨，莫不容許環境對它諸般試煉，百般誘惑；如此仍能虛節兀立，方是真為天地寫長詩的一篁勁竹。

絲路之旅風光不勝書，雖然對他而言已是明日黃花，但前述種種應是他在創作道路上更進一步的自我期許，即使仍不免為經濟所苦，仍願他堅持走出自己的路。

是為序。

寫於　一九九三・四・四

【注】本文為黃華安《大學四年風采錄，詩書影畫一囊收》（一九九三）一書而作。篇名取自華安兄詩句。文中的「山城」，指的是大馬的怡保。

氣態的旅行

你獨立大氣。

放鬆地，以舒緩的動作，引領意念，進入固態的身體。逐一覺知、喚醒體內龐沛的氣，讓它流動、充盈，創造不可思議的寧靜，渾然忘我——身體融解，化為氣態的一部分……。

收勢。世界成為你，你與它優美回歸圓滿的結局。

那氣、那寧靜，打開你意識之眼。你對世界、身體、生命自此領悟全新。

這世界是固體的，也是氣態的；是動的，亦是靜的——身心也是如此。

身體是固體、液體構成，呼吸是氣態的。情緒、欲望、壓力是固體的，精神能量是氣態的。我們每天在虛空裡走動，卻少感知動中之身，埋藏巨大的靜。而當發掘體內深邃的靜，又發現它也是動的。

世界或者生命，是虛實動靜合一的圓滿體。然而，虛靜的一面，即使存在身心之內，距離卻非常遙遠。我們需要兩個領航員，才能旅行身心的宇宙：一是放鬆的意念，二是具體的想像。此二者，在武術上而言就是悟力。凡不鍛鍊放鬆、想像，即無法深入內在，感受氣之虛、之靜、之動，也就缺乏悟力。

在延勝師父由拉筋、基本功到八段錦、易筋經的教導裡，那些拉筋的動作、基本功的拳掌，都要有放鬆意念（專注在緊的部位做放鬆），才能明白鬆開、活絡之所指。至於八段錦、易筋經談論氣感、導氣部分，更要積極調動想像，方有深刻體會。

而當他將少林功夫展現紙頁，很多人以為這是少林祕訣。的確，他在八段錦的氣感教習頗為深入，而其易筋經與傳統所見有別（理應是少林祕傳）。然而，所有祕笈最祕密的心法，始終是：相信才是最祕密的祕笈。

修習者如果衝著祕笈之故而練習，不免容易灰心，因為掌握放鬆常令人洩氣，想像常讓人摸不著邊際。很多人懷疑兩位領航員，輕易放棄了，於是我們體內的宇宙，既是最近又是最遠，始終黑暗而不圓滿。我們無法從一般呼吸與肢體行動裡，獲得更深的覺悟。然而，一旦願意相信，努力去放鬆去想像，再平常不過的呼吸與動作，都隱隱與生命深層聯繫。

每一個放鬆或想像，都是一艘宇宙的船艦，劃過星際。

很幸運的，我們的延勝師父具有讓人相信的特質。

我大略記得一個故事。

某虔誠教徒登山，入夜不慎掉落山崖，死握手中繩索不放，並向上帝求救。回應是：放手！他不敢相信，體能耗損致死。隔日，救援者發現他懸空離地不過一兩公尺。

他的不信非常笨。然而設身處地，誰能相信？

延勝師父正是這樣相信的人。

多年來，台灣欣羡少林寺者不下千百，真正成行入山出山，不過一人。他相信他應該到少林習武，不止帶回少林真功夫，且引領更多人往少林寺。相信，成就自己，也成就他人。

所以，此刻，在相信面前翻展書頁，祕訣就顯露它最平凡的祕密。

相信，氣態的旅行就此升騰——。

寫於　二〇一〇．六．二十一

【注】本文是替林勝傑（釋延勝）師父《少林伸展呼吸健康大法》（二〇一〇）所寫的序。從延勝師父處女作《台灣鐵頭出少林》知道他，欣賞他學武的毅力；後任教清雲科技大學，在《武藝文化概論》這堂課上，特邀他演講。延勝師父是少林寺釋永信方丈親收的台灣弟子，為少林寺第三十四代。現在台灣推廣少林禪武醫藝，乃是「釋門少林功夫團」創辦人兼團長，「釋門少林養生功夫」文化會館負責人。

補天術——觀黃華安影像創作《山海經》

當藝術家不滿於單一，而期企及萬象於萬一——遂掙脫陳規的鐐銬，翻越理所當然的監獄；撥快心靈轉速，如乘時光機器，做一名現實的逃兵，而夢想的移民。

唯其高速馳離，遂視世間萬象，渾渾濛濛如雲霞降生之前的，無極。

此際景物非復單一，不再靜謐；而是如天破穿，女媧所見混沌的山川大地。火山凶烈噴發，流彩虹的熔漿；銷融的江河滾騰，捲五色之濤浪。

造化，正冶煉萬象於一爐。

攝影家華安兄遂師法混沌，沾黏些許自然素材，安築他袖珍的天地。

把瑣雜的庸俗、平淡的照片，反覆打破重塑，搓旋如彩泥，彷似將俗世裝飾成聖誕樹，創造一場慶典，祭祀以虹霓為結構的上帝。

時時獨對浩瀚，又復藏身小小螢幕，默默精進一己的補天術，滑鼠游動、點擊，便提煉了日常，擾亂星斗的規律；目睹萬影逐次相融，諸石霞粲，不由陶陶然百趣橫生，樂而忘返。

夜深時刻，且烹茶，且測究天穿處，冥思永無涯岸的道藝。

而那時，破天亦如鏡頭，向無限的邊界伸縮，窺視，鎂光不曾停止拍攝：宇宙真實以外——更真實的幻影。

據說，那正是藝術被放逐的疆域，不曾被占領。

《聯合報》「聯副不打烊畫廊」 二〇一三・九・六

【注】本文乃為吾友黃華安《東方無極——黃華安影像創作展》而作。

六龍先生傳

少年六龍在南洋，喜歡彈奏金屬的絲路，寫江湖的書法，用雷電拍攝——浩淼的，南中國海。

八〇年代末，六龍翩然初抵寶島府城，讀中文，習藝術，以純良之心，履善之行，廣交師友，讓滿樹鳳凰焚亮青年夢。

鎮日泛舟傳統紛錯的流域，孜孜撈取，錨定心海的金針。

千里壯遊大陸，辦詩書畫影展，僥倖贏得青衫才子浮名。

當六龍飛入社會，他是趕逐新聞的記者。瞥見鯨魚如巨夢，擱淺，於報章最沒落一角。

雨花樓上，亮劍挑燈，他習慣孤獨，宣紙濡濕猶淚，行雲疾書蜀道難啊噫吁戲……。

夜深，唯夢游天姥，而手不敢摘，天上的星辰。

顛躓以至於中年，且喜有佛光普照前路，他安身懸浮空靈的花園。那兒的奇花如音符，玉溪叮咚似落子；滿是跳舞的青春草，寫千里書法的快哉風；還有充滿禪香的茶樹啊，以及霞光萬道，幻化諸佛的祥雲。

他拍拍翅膀（那以工筆藻繪，以篆刀刻鏤，以琵琶繁弦，乃至洛神驚鴻，旭素狂草，趙州禪茶，師友通力所製的飛行翼），自花園邊界往下眺望——是現實的大海啊城市燈火明幻，載浮載沉，如舟船。

這回，他冷然御風揚長而去了。

遨翔電視、電影的領空；沉默地，由別人的劇照中，自身漫漶連載的童年繪本，卻逐日清晰浮顯。裡頭奔跑著他永未忘懷的少年：口袋陽光叮噹，足底湧生朝雲，眼裡盛裝他一輩子的最天真，最燦爛啊，那少年。

於是，六龍而今愛在暴雨樓頭，專注摹繪一行初戀的荷，清馨幽致的詩了。彳亍星圖航道，他淡定以颱風眼捕攝，那遲遲不顯影的天狼。獨立驚神泣鬼，龍蛇蒼茫的大荒，他挽袖，濡墨，鉤勒頓挫，煉冶清明的心量。

而宇宙浩瀚啊生命旋生，旋滅。

他始終渺小地奮起，不住推動滾石的巨夢——石上永恆刻鑿啊如山的摩崖九字他生命吶喊的史詩：

人生虛無，唯藝術不朽

寫於　二〇一二・十・十五

【注一】本文為吾友黃華安《星圖航道詩影集》（二〇一三）一書而作。

【注二】「六龍」一詞最早見於《周易・乾卦》「時乘六龍以御天」。在我的武俠小說《找死拳法》裡有六龍山莊，以六龍劍法馳名江湖。華安兄一見而喜，遂以此為號。他早歲生於大馬，悠游琴棋書畫；青年留學台灣，在府城造夢；中年畢業於佛光大學藝研所，持續追趕不朽的藝術；乃著名攝影家、書法家、藝術策展人。

滿壺夜色，一滴醍醐

濃稠如膠漆，無始以來的幽暗不停——滴落我們的世界。

（我們被囚禁在一壺夜色裡）

而螢火總是飄忽，捉摸不定，我們無從捕捉哪一隻，是專屬自己的。那些縈繞視域的，似乎——只是我們曾經偶而瞥見，智慧的流光。

（世間萬象無常，便是飄忽）

而翻閱《醍醐露》，周圍立時淪陷為深夜，文字化作星星螢火。

我瞧見了，我追逐它們。行經上師、佛像、寺廟、法器；或者藏傳、漢傳、南傳、東密的風光乃至——那些自然的勝景。

那一隻，才是我心識要降落的發光體呢？

潮黏黏如獸涎，無始以來的霾晦不斷——滲入你我的世界。

（滿壺的夜如綑縛千百世的，繭）

螢光因愈暗而愈發明燦，猶如身心的太陽。
但，我要如何安住那些閃忽的星芒？
（那逍遙的回翔，令人既羨慕又惆悵）
我頹然，闔上書本讓黑夜降臨。如往常，將自己投擲到人世，昏昏窈窈。
晚上做了一個夢：我是顆流星，火花——瞬間擦燃宇宙龐沛的冥暗，便熄滅了，如渺小的螢。
醒來重閱《醍醐露》，不再思考捕光的事了。
上師諄諄不倦，經典無言所述，始終是：不管螢光還是日陽，無論短暫抑或久長，但要你先微微發亮，照見隨身攜帶已久，生命的奧祕。
光，無始以來和暗同在，只是未曾焚燃，以故靈性——沒有翅膀。
是的，與其悵對滿壺夜色而興嘆，那比得上精進以嚐一滴醍醐，來得痛快，來得自在？
是為序。

寫於　二〇一四・七

【注】本文為大馬智善上師《醍醐露》（二〇一四）第一集而作。

卷四

論述：俠魂燃燒

獨樹衆乃奇——「報仇」與「鋤奸」在武藝電影的創意表現

「報仇」與「鋤奸」是武藝電影常處理的兩大主題。「報仇」的電影，常會交待主角由弱變強的過程（劉家輝、成龍七十年代末、八十年代初期，清初或民初背景的電影皆是）。而「鋤奸」則不必然如此，李小龍的電影（除《精武門》為報仇鋤奸兼具外）、成龍警察故事系列、李連杰黃飛鴻系列都是典型例子（或可逕稱為「強者」的電影）。當然，主題為報仇的，通常被殺死的對象也是一方之霸，亦合鋤奸之旨。不過，嚴格而言，「報仇」與「鋤奸」兩大主題呈顯的是可以結合，亦可區隔的態勢。

本文分析三部電影（《少林三十六房》、《追殺比爾》（一、二集）、《猛龍過江》），固然立基於報仇與鋤奸兩大主題，卻為突顯它們出奇的表達方式，與眾不同的豐富意涵。至於選兩部七十年代舊片之因，一是強調新意不盡然要從新近電影方可見；二是間接顯示，新近的武藝電影與這些舊電影，其實有千絲萬縷的關聯。

（1）《少林三十六房》（一九七八）

導演：劉家良

主演：劉家輝、羅烈、徐少強、汪禹

從武術鍛練的創意與哲思而言，《少林三十六房》堪稱經典。主角之變強雖為報仇——家仇，亦是國仇（異族壓迫）——但報仇只是鍛鍊的動機，全片重頭戲落在變強過程（約佔1／3強），觀眾心思全然被它吸引。這顯然符合劉家良拍武打片，一貫強調武德、淡化仇恨的企圖。

鍛鍊過程約有三階，初為步、臂、腕、目、頭諸力之練習；次則腿、刀、棍整體武術與兵器的鍛鍊；末則與戒律院主持對打。

武功修鍊與日常生活結合，是鍛鍊過程最令人矚目的一環，主要出現在初習步、臂、腕、目、頭諸力之時；到第二、第三階段，導演就不再刻意強調結合日常生活的練習了。

功夫理應是習武者特地抽時間刻苦習練而成，這段時間，與日常生活是沒有聯繫的。但依少林寺的練法，則挑水擔柴都與武藝結合。李連杰的成名作《少林寺》（一九八二）也有類似表現，但不如《少林三十六房》深刻。

生活如何是功夫？從電影中知悉，必須有「意」為之。此意，即意識、意念。在生活中處處、時時有意為之，生活才能是功夫。而有意練習，還須分有形與無形的鍛鍊。「有形」指表面可見、形而下者；「無形」指精神意志，但還可進一步區分其意涵（詳下）。

我們從片中理解，劉家良所強調的練武意義，指的是一種修養，一種德行的培養過程。所謂武德，講究的是具備超越常人的能力，卻蓄而不發，不好強鬥狠；只在危急存亡之際、成仁取義之時，濟世救人，習武之本在此。非為炫耀一己之力，而是儲備超越常人之力，以為他人、為家國盡最大的力。如無家國之仇、無不平之事，則藉此陶冶身心。

而武藝之所以可以修身養性，主要有兩點緣故。首先，武藝磨練脾性，尤其傳統武術站樁、馬步等基本功的靜態過程，有助沉澱躁動之氣。其次，習武者較常人能力更強，動輒出手易傷人，隨時炫耀則易遭忌；因此必須克制，保持謙遜。習武者如在能力日強之時，兼顧心的修養；如此則處處、時時都是練功之地、之時，武藝就是一種生活態度，一種生活方式，一種生活哲學。

這才是功夫不離生活，生活即是功夫的深層涵意。

既如上述，那麼，功夫不止是有形的肉體鍛鍊、無形的精神鍛鍊，還要進一步講究此精神意志的內涵。一般習武者的精神意志僅是抵抗肉體苦楚、變強的意志，但本片所強調的武德，還包含慈悲心在內。

我們不應忽略僧眾日常生活與一般人不同。片中僧眾練腕力，該房主持是敲木魚唸經，其餘輪流等待的練習者，亦誦經不輟；練頭力是為了到佛祖前上一柱香。佛教思想，幾乎處處皆在。

這樣的意思，極易被忽略，但有心人當見三十六房頂房即是佛法之講論與理解。而主角報仇，前兩個仇人，雖是他親自動手，但都借他人之手擊殺；至除首惡，最後以一記頂鎚擊斃，片中也不直接拍攝惡人死亡之相，而是以停格帶過。主角本一心報仇方入少林，報仇之時，卻已不自覺深受佛法影響。導演有意的避諱，其實暗寓此意。而觀眾看片，皆關注練功方式，可知導演已成功轉移報仇的注意力。

這個意思，與片尾主角成立第三十六房，授藝俗家子弟，是有關係的。這表示他已把私仇提升到國仇層次。國仇也者，是為國為民事，非逞凶鬥狠，而是大勇的層次，以武藝承擔家國之責。這樣的武德論調，與李連杰主演的《霍元甲》（二〇〇六）幾無不同，只是表現的方式或強弱有別而已。

最後，本片雖講述南少林寺事跡，但證諸嵩山北少林，和尚介入政治或家國之爭並不稀奇。北少林歷來都有禦寇抵侮之舉，自唐代十三僧助李世民以來，至明代亦有奉命鎮守山陝邊關、征戰雲南，助俞大猷抗倭等事（呂宏軍、滕磊《少林功夫》，杭州：浙江人民出版社，二〇〇五）。只是北少林大致與朝廷維持和諧關係；傳說中的南少林，則以反清復明為主罷了。

（2）《追殺比爾》（Kill Bill）一、二集（二〇〇三、二〇〇四）

導演：昆汀塔倫提諾

主演：鄔瑪舒曼、劉玉玲、大衛卡拉丁

武藝電影確乎是屬於男人的，在以報仇為主題的電影中，更是明顯。大量的報仇都是為了替男性報仇，其身分是父親或師父，報仇者是他們的兒子、徒弟，都是男性。我們很少看到主角是為情人報仇，單為母親——而非父母——報仇，或為女兒報仇。即便撇開「男性身分」這一層，也可說報仇通常以血親之仇居多，很少為情人，或與愛情有關的報仇電影。

昆汀塔倫提諾的《追殺比爾》一、二集，大約是這類報仇主題的奇峰突起。

女主角是組織中頂尖的殺手，身懷六甲，慘遭組織頭領——同時是她情人——槍擊。她僥倖不死，五年後回來報仇。值得注意的是，片中所有被報仇對象都肯定她應當報仇。甚至認為用宵小手段來與她對決，是不對的。回應女主角的報仇行動，他們強調「格調」。格調的真正內涵是：正面對決。而且是以武術對決，非以槍械（因此巴德以槍擒獲女主角，才使同組織的艾兒憤而殺之）。

這種格調，其實是一種道義（道上的情義）的變形。但也同時強調了，在槍械的時代，作為「手工藝」的武藝，自有它的魅力，它在新時代中以「格調」的態勢出現。經由此，亦令敵對者有了血肉，變得立體。

電影有不少暴力鏡頭，最集中的自屬青葉屋戰鬥，甚至因過於血腥而以黑白播映。這大約是本片最讓人印象深刻之處。因此，從第一集看來，這的確是一部比港片更血腥的報仇電影。而第一集女主角的報仇之旅大約也是平順的，痛苦的是敵對者。

在第二集，她才遭遇報仇的痛苦與挫折，敵人以恐怖的活埋方式，欲置其死地。最後歷盡艱辛找到組織頭領，方知其女未死，已是可愛的四歲小女孩。這大約是本片最大逆轉，也讓看似純粹強調報仇的片子，有不一樣的內涵。

從片尾兩人對話，方知這不過是愛情電影中最一般的誤會，而這種誤會來自雙方的深愛所致。本片的感情戲，集中於此，的確有令人動容處。頭領之所以殺她，是她傷了他的心，由愛生恨。女主角之所以報仇，是因為「你居然用這種方式對我」，背後都以深愛（且不問對錯）為基礎。

然而誤會的原因雖然知道了，對決卻不可免，因傷害已經造成，對決是解決仇恨之道

——這是雙方背景所共許的——而不是一般所強調的寬容。敗者無怨，勝者得女。

正如前述，從報仇電影來看，少有為情人、妻子、母親報仇者，即便有，此仇恨與愛情關聯亦不密切。因此，沒有如此深刻的愛，決不會有報仇之旅。那麼這是一部由愛生恨的片子嗎？乍看如此，其實更深一層講的是：母愛。

女主角因懷孕而要脫離組織，這是母性的考慮。她不告而別，乃知頭領一定不許；而頭領以為她已被殺，痛不欲生，卻發現她變換身分與某男結婚，以取得一個普通母親的身分。由是恨透她傷了他的心，乃有屠殺、槍擊之舉。

所以，《追殺比爾》的暴力固蔚為大觀，然在報仇背後，卻是以愛（愛情與母愛）為原點，亦即如無愛情與母愛，報仇根本無從開始。如是，報仇不是因為誰殺了我的父母或家人，而是因為愛而有了仇恨。

從故事隱藏的主旨看，促使一切污穢煙消雲散的——是母愛，這也是為何主角是女的。而母愛終於掃蕩一切，促使女主角消滅該罪惡組織，不僅如此，還包括讓女主角脫離殺手生涯，獲得重生，回到一個單純的母親身分。對一般人而言，母親是一普通的角色，但作為一個女殺手，卻必須經由別人的血，和自己的血、生命才能獲得，這無疑顯示了平凡母親的可貴。

從這角度看，《追殺比爾》替報仇電影找到了另一種可能。

（3）《猛龍過江》（一九七二）

導演：李小龍

主演：李小龍、苗可秀、小麒麟、劉永、魏平澳、羅禮士

這是第一部、也是唯一一部李小龍自編自導自演的片子；同時是香港第一部拉隊到歐洲的片子。本片符合好人被壞人欺侮，英雄拔刀相助模式，但其情況則不在壞蛋死於英雄之手，而重在以功夫進行教訓壞蛋、抗爭的過程。正如一些動作片一樣，法律在過程中是虛置不用的，只在片尾才出現警察逮捕大壞蛋。

片中值得提的地方很多，但最出奇的，是主角完全不像以往武藝電影的人物形象。他功夫精湛，除此之外，是純粹的鄉巴佬，不會說英語，只活在他的武藝世界裡。

片中一開始即特寫主角呆滯的臉，因處於完全陌生、語言不通之地故。他肚子餓又不識英文菜名，結果點了一大堆湯出糗。然後，是不斷拉肚子。從片頭，到影片約三分一處，他還在上廁所。這實是一般英雄影片最不會述及的，畢竟拉肚子與英雄身分有最大落差，是極丟臉的事。

此外，他不相信銀行。女主角帶他到銀行，外國經理一搭肩，他馬上手按緊腰際荷包，以為對方要動錢的主意。女主角教他必須以微笑回報外國人善意，結果立時有一妓女對他微笑。主角傻傻被帶回她家裡，不知所以，直到她裸露上體，才把他嚇得奪門而逃。

片子進行將近三分之一，要他幫忙的女主角（包括觀眾），仍不知這傢伙能做甚麼。因一旦有機會讓他表現，就會被打斷。第一次是他正要表演武功，結果餐廳好不容易來了客人；第二次是魏平澳飾演的壞蛋代表來餐廳鬧事，主角則因拉肚子上廁所，出來時，還和魏有不錯的互動，以致諸人瞧不起。

等到好不容易有機會痛懲對手，成為眾人眼裡的英雄，女主角對他立時產生好感，帶他逛羅馬的古蹟，主角見到廢墟，說：「這樣的爛屋九龍大把！」見到皇宮，則說：「這麼大一塊地，用來建屋收租，定可賺不少錢。」

主角的傻、笨、呆，與劇中不讓主角太快表現，甚至製造一些對他不利的誤會等，都是刻意的壓抑，以此蓄藏更大爆發力。傻氣甚至呆笨的主角形象，可以說是對英雄形象的壓抑；而不讓他太快表現、製造誤會，可說是劇情的壓抑，這在李小龍前兩部片子（《唐山大兄》、《精武門》）都有相似表現。但刻意降低英雄形象到高反差的地步，則是之前所無。片中的幽默（還不至於是搞笑），主要是由這樣一種人物形象所造成的。這樣落差極大的形象，對成龍、袁和平乃至周星馳影片都有相當影響。

成龍不止一次在訪談中提到，他刻意往李小龍極度英雄形象的反方向走，但《猛龍過江》的主角形象，與袁和平導演、成龍主演的《蛇形刁手》、《醉拳》的主角形象，骨子裡是一樣的。成龍憑《蛇》片一炮而紅，袁和平以是被稱為執導諧趣武打的第一人。但開此一風氣之先的種子，是《猛龍過江》，只是變幽默為搞笑，走得更遠而已。在武打中——李小龍嚴肅對待的部分——袁和平也加入搞笑情節；然不能否認，餐廳後巷的群鬥，李小龍的處理也頗幽默，這些都是影響所在。

周星馳電影類型人物之一，大致符合李小龍對《猛龍過江》主角的描述：「這真是一個簡單的情節。一個鄉下小子，去到一個陌生的國家，連那兒的話都不會說，卻莫名甚妙地取得了成功。這是因為他打敗了對手，從而簡單又誠實地顯示了自己。」（藍潮《李小龍全傳》，香港：名流出版社，一九九七，頁二八〇）主角與武藝有沾邊的影片，如早期《新精武門》到較近《少林足球》更是如此。主角大致在生活、能力方面遠較常人低能，以致常鬧笑話，卻在另一面異於常人，只要轉到他的專長，立時換了一個人似，影片最後總是讓這似無用的才能找到表現的舞台。正如《猛龍過江》的鄉巴佬，在槍械普及的歐洲，穿著一身與西方格格不入的唐裝，居然可以讓古老的武藝展現光芒一樣。

武打部分，除了在大壞蛋公司的大混戰比較拖泥帶水外，其他都頗乾淨俐落。最值稱道處，自屬片尾與美國及世界七屆空手道冠軍羅禮士的打鬥，可說是李小龍在武術電影上最精湛的表現。這場武打，俐落有勁，讓人看到一種接近真實的打鬥。這種真實，不單指格鬥雙方招式往來的真實，還指一種真正高手揮拳踢腿千萬遍、千錘百鍊的拳、腿之真實。

李小龍的武術展現，有兩點值得注意，一是虛招的運用，不管是腿的或手的虛招，都能達到真正打擊效果。二是掌握對方拳腳慣性，中途以拳腳攔截的方式，突顯深明格鬥者的武藝技巧，令人印象深刻。總之，格鬥雙方的招式設計，呈顯出一種極端簡潔的風格。這正是截拳道強調的精髓。

此外，場景選在古羅馬競技場，給予這場打鬥一種東西對決的高度。也可以說，把中國功夫置於這種異國的歷史古蹟下，令「中國功夫」的形象得到最大限度的突顯。還不能忽略的是，現場唯一觀眾——一隻小貓，其動作與雙方格鬥情境配合，此固與壞蛋在新年要暗殺主角，先以鞭炮聲讓人驚心的設計同轍，但更有神來之筆之感。這種種原因，令這場決鬥成為武藝電影的經典。

在片中，沒有一個壞蛋被李小龍打死，唯一被打死的世界空手道冠軍，卻很難說是壞蛋，只是道不同而已。故此役亦非一場生死決鬥，而近於擂台比武。冠軍之死是一種武士求戰死沙場的死，並非主角非殺死他不可。既非宵小卑微之死，遂贏得主角敬意。

片中壞蛋頭子對主角最後欲殺之後快，然對其餘人等則無此心思，他運用暴力是以威脅為主，不是要殺人，他並不比餐廳內奸王大叔狠毒，王大叔最後殺死兩位侍者。

總之，雖是一部除暴安良的片，但既跳脫一般與大壞蛋直接對決的模式，也撇開報仇窠臼。它要傳達的毋寧是：武藝在現代社會還有它除暴的作用，人的尊嚴無法受法律保護，正是武藝用武之地。片中最後必須以武藝決勝負，而非槍械，其故在此。

但武藝說穿了是甚麼？就是一種路見不平的正義感與實施正義的能力。用日本極真派空手道創派祖師大山倍達的話說，就是：「沒有正義的力量是暴力，沒有力量的正義是無能。」把古老的武藝擺在文明、進步的歐洲背景裡，能最佳地突顯它之所以繼續在現代存在之故。就此，李連杰的《龍吻》類型接近《猛龍過江》，但除打鬥精彩外，各方面內涵反不如此片豐富。

其他可說者頗多，譬如片頭划龍船設計，至今看來一點也不過時。《功夫之王》（二〇〇八）海報的齊天大聖面具，與片頭的龍頭是類似的。片中配樂輕鬆有趣，片頭配樂則豪邁有氣勢，故周星馳《少林足球》配樂即部分採納。

最後，主角唐龍與《精武門》陳真一樣，成為李小龍飾演角色中兩個最響亮的名字。

清雲科技大學《文化創意通識學程電子報》第七期　二〇〇八・六・十五

【注】本文原題如上。但當初擔心太文藝了，故以〈武藝電影的文化創意表現——以「報仇」與「鋤奸」為例〉之名發表，今用回原名。

金庸、古龍並列隨感

二〇一五年九月下旬，有幸在台大文學院觀賞一部古龍紀錄片。翌日，覽閱翁文信先生著作《古龍一出誰與爭鋒》。當下參酌紀錄片和該書，就「金庸、古龍並列」議題，抒發一些綜合的感想。

翁氏是從創新這一點來談古龍的，並未刻意著墨金、古並列一事。但我們正可從古龍之新變，樹立他和金庸並列的基礎。故以下第一節，多引翁氏說。之後數節，就古龍如何影響我們這些後起者，說說「非常個人」的體會。

又，當初寫這篇小文，純粹私信性質。後因《明日武俠電子報》邀稿，增刪完成。區區並非古龍專家，也不研究武俠（凡我有創作的文類，我都沒有研究的興致）。因此，若有錯謬，歡迎糾正。

1、引述翁文信先生《古龍一出誰與爭鋒》一書

古龍新變，翁氏概括為三方面，即一、俠客形象；二、武藝表現；三、語言文字風格。

那麼，古龍的俠客和以往有何差異？

翁氏認為，他們不復以行俠仗義為志業，非必「為國為民，俠之大者」。而更多是「有所不為，有所必為」的男子漢。這八字真言，乃古龍拋開傳統窠臼，新創人物典型的核心，而其真義，即在俠客解構以俠義為本的志業，以此張揚個性（頁二二三－二二八）。

但解構俠義為本，彰顯個性自由是否違背俠義道呢？

沒有。因俠客口頭上雖不談行俠仗義，而寧願多方展現其獨特的性格；但其行為，還是自覺地受天道規範，並未逾越俠義的底限（頁二〇一－二〇八）。

其次，其武藝表現，往往省略武功的養成過程，一出場即大俠、即高手；剝除傳統描寫招式、內勁的套數，而注重極端簡淨的格鬥。講究心理、氣勢、環境，更講究「快」！人物對武道更有獻身的狂熱，渴望天人合一（頁二五九－二九四、三六三－三七〇）。

最後，語言文字風格部分，翁氏概括為擬劇本體（引葉洪生先生語）、詩意表達、夾議說理與囈語格言（即濃縮而成的一句妙語、格言之類），以及「俏皮機鋒與絕對語式」（頁

三三四—三六三）。

2、關於古龍人物形象的感想

古龍俠客讓我印象最深刻的其中一點是，在拔刀相助、救人於危難之後，他對自己出手的解釋，有時就是一句：「因為我高興（這麼做）！」

而這，其實就是突顯、張揚他的性格；和講一番仗義之理的傳統俠客，明顯不同。

與此相關，古龍新開拓的人物類型，乃和以往多有不同。

在他之前，「主要角色」的範型相對受限；在他之後，殺手、刺客皆可成要角（就刺客而言，反而接續《史記・刺客列傳》的傳統，乍看是新，反而是回歸），更別說蕩婦、浪子（李尋歡、楚留香）、大盜（蕭十一郎）、像孤狼似的人物（阿飛、刑無命）；甚至不乏身心受創以致扭曲，可謂具變態心理者。

這類人的內心是世界是如何的？我們以前從來不知道。古龍則娓娓道來。

他尤其鍾情浪子——本來，飄泊或浪跡天涯是多數武俠主角的正職，但他們大多肉身南漂北漂，精神上並無流浪者的烙印。古龍不同，深刻探掘箇中的孤寂和絕望。

這類人物，和一般武俠主角的形像反差大，鮮明感躍然紙上；古龍再運用現代文學技巧摹刻他們的內在，呈顯彼等的感官與欲望，情感與志氣，乃至對人性、友情的看法等等，充分展示張揚個性的寫作宗旨。

由此更進一步，連配角或小角色的愛恨，他也不吝著墨，呈露彼等的情緒、情欲（性癖）、生活習慣（衣食住行）的喜好、甚至濃縮而成一段生命簡史等等。總之，其精髓是以精簡文字集中勾勒，立即透顯人物的整體。

這在溫瑞安、趙晨光、沈默、喬靖夫書裡不乏其例。

當我想仿古龍，這點是必學的。

由此延伸，則是他對小說人物的生活描敘，比一般武俠豐富。

年少曾在黃鷹或龍乘風這些後起者的著作裡，讀到小說要角居然是布店行老闆，當時乍見的新鮮感，至今未忘（印象中未曾見要角和布店行有關的。它不過是購買衫褲的場所，頂多或有祕密聚議，一筆帶過而已）。

或者筆下的高手，從事煮菜、劈柴等瑣事（當然有時寄寓一些工夫鍛鍊的哲理，更可能是因為「高手也是要吃飯的」），讀來別有韻味。

以是，讀趙晨光《浩然劍》寫謝蘇和朱雀以茶交心的生活況味，印象深刻。

這些，理當溯源自古龍的影響。

3、關於古龍的武學表現

司馬翎同樣講究心理、氣勢；但古龍的文字更精銳、更簡淨、更有特色，並且時用人物對話來呈顯，表達上有差異。另外，即便描寫心理，其幅度相對較廣。比如心理變態者亦屬古龍筆下的人物類型，故俠客由此弱點切入，以挫敗之，亦時有所見。

這問接形塑他的武學總體特色。

至於把「快」提高至絕對的地步，且以詩意或觀者突兀錯愕的文字去呈顯或襯托，當然是他的獨創。

無庸置疑，他對後起者在打鬥的描寫上，貢獻極大。

尤其是對文字的節制、極具詩意的表達、以及技擊當下即顯武道精髓等等，那不僅僅是讓我們的描繪有更多的選擇；而是，從武俠創作的發展來看，古龍之後，刀光劍影從此有截然全新的面貌。而它持續被後起者繼承，以致在近幾十年的武俠當中，開枝散葉，蔚然自成一派，大致可以和金庸、梁羽生所繼承的區分開來。

在他之前，這樣的摹寫是不存在的。

他極大程度解放了武鬥的形式限制，比如一拳一腳的來歷、招式名稱、內力本質等等，甚至連兵器的運動規跡都不寫了。於是本來最具視覺意象的武打，可以虛化、抽象化，而向「道」逼近；或者說，讓「道」和武者的距離更近了。

金庸筆下不乏絕頂高手，卻很少從技擊之際讓角色當下逼顯武道的真髓。他們自然有武術的體悟，但和「道」的關聯並不被強調。

古龍精簡的武鬥，卻常承載「道」豐富的意涵。

4、關於古龍的語言文字風格

翁氏所概括者為擬劇本體、詩意表達、夾議說理與囈語格言，以及「俏皮機鋒與絕對語式」。

我以為，這是古龍影響後輩最大的部分。

尤其是「擬劇本體」：在不長的文字段落，相對頻繁地轉換視角、更替場景，多線描敘不同人物所見、所思，長鏡或特寫，盡量模擬電影的操作。

其次是所謂的「詩意表達」。

這兩點，總體而言可以理解為將現代創作的手法，更多地移入武俠（包括所謂偵探模式的移用轉化），對後起者影響極大。所以我們才不避諱寫武俠而用散文或詩的方式來抒情，溫瑞安的清麗尖新，更是箇中翹楚。

甚至認為：將現代文學一些新穎的形式，轉用至武俠，非常合理順當。《找死拳法》順逆的形式，當然是這樣來的。

我們腦子沒受限，前方沒有一條傳統武俠的紅線，因為——它已被古龍以噴漆塗掉了。

職是之故，雖然我的《找死拳法》和古龍路線不同，但以分鏡方式，進入個別人物闡析其心理，呈顯其視角；不忌諱在打鬥當中，快速替換鏡頭；等等，皆是古龍先例在前，才自然拿來用的。

至於目前手上在寫的《三國傳真》，更相對頻繁使用，以拼湊故事，而且每段行數也盡量短，一至五行以內。

喬靖夫《殺禪》八卷，構思和寫作花了十多年。假如無誤，我大約明白他的難題在那裡，因為當我也這麼寫的時候——人物眾多，同時要隨時幫他們搭建背景和動機等等——真的不容易。

但他在《武道狂之詩》第八卷後記，坦言寫作變順暢了：兩年多出了八本，好像坐上另一個檔次的跑車。

那麼，我們可以想想：假如古龍沒這麼做，而後溫瑞安、黃易沒這樣用，我們剛投入武俠，可以很輕易運用如此自由的形式嗎？

不，我不認為。

的確，古龍以後十幾年，只要有兩成文藝青年的志氣，便可以理所當然這樣寫、那樣寫。但那是古龍多年的奮鬥替我們開路，並沒有文藝青年所想那麼「理所當然」。

因為縱使你在古龍那個年代有一些創新，也不表示它會成為風潮，更不盡然可以擁有古龍如今的地位。為什麼呢？你還要有他的創作量，以及他的暢銷程度——那麼普遍地被認可和接受，以及喜歡（古龍寫作廿五年，作品兩千餘萬字，電影改編兩百多部）。缺少這些條件，即便有創新，大約也埋沒在時間洪流裡吧。

所以一九六一年陸魚的《少年行》，很接近西方現代文學的寫法，算是非常創新的了，我也非常驚艷，但沒有太大的影響力（因為量不足），其故在此（參看葉洪生、林保淳《台灣武俠小說發展史》二九二—三〇九。但兩位先生以為陸魚影響古龍的新式寫法，那是另一層面的問題了，不贅）。

另外，我們也可以再設一個類比，來談談創新之不易。

例如現今武俠創作，已經走到要怎麼表現都可以的地步了。但在這樣自由的空氣裡，我們依然有限制，正如當年古龍的傳統氛圍一樣。那就是：你要怎樣拉大和別人的距離，才能表現更多不一樣？

假如依以上「人物形象＋武藝表現＋語言文字風格」等等作為衡定創新的條件，即可發現創新度高的後起之秀，真的非常少。

當然好小說，不一定就是創新；創新，也不等於好小說。

但由此可知，要引發武俠文本的新變，不是一本兩本的事。

迥異眾人，一枝獨秀，從來不容易。

因為影響力是更綜合的、更強大的東西，才能產生出來的。

所以，我們現今許多「理所當然」，以及「理所當然」的新嘗試——的前方，都有一個幫我們掃除諸多障礙的先行者。

以是翁氏評論溫瑞安的超新派、現代派，尚未脫離古龍的範限，只是稍走更遠而已，頗有見地。

即便黃易這樣的大家，個人以為，他的新創主要是穿越，其次是武功描寫。

前者他當然居功厥偉，大陸後來一堆穿越大概都和他有關。但其他的形式、內容的創新，卻不是黃易的範圍了。他的表達形式，基本上走金、梁那一路，只是分鏡寫得更漂亮，但這可能是來自古龍的影響。

因此說實話，武俠的創新已經大不易了，多是局部的新意而已。而讀者之所以接受這些嘗試，是因為古龍的寫法已廣獲認可，我們只是順著這個基礎走下去罷了——這是武俠發展史上，非常巨大的轉折。

目前相對能夠看到新變影子的，是沈默的魔幻武俠。如有後起者，默兄大約可以開宗立派（這就涉及影響力的問題了）。

總之，雖然眼下武俠創作一點都不蓬勃了，但看看枱面的作者在書寫上的種種自由，怎能說脫離古龍的影響？我覺得他對後輩最大的價值，就是給我們更自由的天地去揮霍武俠的想像。

自由地書寫武俠——大約是古龍留給後起者最珍貴的遺產、最強大的影響之一。

但同時也可說，這是「古龍障礙」，因為創作者要從這種自由裡，表現更獨特的風格，從此愈發困難了。

所以，金庸、古龍之所以可以並列，結論即是：一旦我們可以明確肯定古龍創新之所在，以及如何影響後來的創作者（有些後起者，可能並未自覺這是古龍祖師爺開發出來的道路），就昭然若揭了。

個人以為，主要集中上述語言風格（擬劇本體、詩意表達等，可以概括為現代文學元素的大量移用與轉化）、格鬥描寫；以及深掘人物內心、開拓更多人物典型等層面。至於主題（如專注友情）等等反是其次的，也要看後起者對此有無相契。

當我們以上述古龍新變的要點，對後起者做通盤的檢視與歸納，分析他們如何學習古龍，以致讓武俠的面貌幡然一新（只是一新，武俠沒有更蓬勃，依然沒落；這是不同的層面），那就是古龍可以和金庸並列的關鍵。

換言之，奠定古龍的巔峰地位，不僅僅比較他和金庸的作品，因為這只是文學價值的角度（這是許多古龍研究者專注的）。還必須有武俠史的角度，把古龍對後起者的「影響力」算進來，才是更全面的判斷（這部分較少看到）。

簡言之，影響力的計量，至少有文學價值和武俠史兩種角度。

翁氏一書，金、古並列並非主軸，也未觸及大多數後起者，如何從古龍這裡開始寫起武俠的。畢竟他有論題的範限，不一定非要談到這裡不可。

而我的隨想，毋寧偏向寫作者（後起者）角度，稍微補充、增加古龍之所以在武俠發展史上，和金庸可以並列的一些理據罷了。

《明日武俠電子報》第三一一期　二〇一五・十・三十

卷五

對談：江湖一葉

尋覓安身立命之地——黃錦樹、吳龍川對談（上）

1

黃錦樹：我們差不多同時候在旅台文學獎嶄露頭角，但那時（一九八九）的我還是個百分之百的新手駕駛，生澀得很，但你得獎的幾首抒情詩（我現在還蠻喜歡這一組小詩），就已經可以看到相當純熟的比喻、層迭的技巧，不論是〈我們的家〉、〈探險〉還是〈荒島記〉，也都帶有一種童話似的烏托邦色彩。如果我沒看錯，這可能即是你詩人的底色，有單純的夢想家的味道。很顯然，你是有文學傳承的，即使那資源很有限。你願不願意談一談？另外，你曾說文風社讓你對文學有無力感，能否稍微詳細的談談你在大馬的文學啟蒙？

吳龍川：來台之前，我的詩風並不是那三首組詩的樣子；它們其實也是當時我詩風轉變之作。嚴格而言，是想像的敘事開啟了我，丟掉原先貧乏的焦慮。故事（敘事）是我寫

作中很重要的東西，日後我更真切體認。後來也才發現作品的某部分是具有單純色彩的，如你所言。

高中十七歲，我擔任日新國中壁報總編輯，認識了郭詩寧、游雁斌等寫作者。她們拉我進入文風學社。第一個認識的作家應是菊凡老師，接著知道了陳強華、黃英俊等創社學長，然後是小黑夫婦、宋子衡、陳政欣、艾文、何乃健諸先生。那時有定期的聚會，由老師、學長或資深社員帶領，賞讀、分析文學作品。我從那裡得到最寶貴的文學啟蒙。此外，不時到菊凡老師家中喝茶、小酌，談文論藝，眼界開闊許多。

社上鼓勵創作，於是開始了課堂以外的書寫，記得第一首創作即是詩，題目就叫做〈詩〉（一九八五）。初期因搞不懂詩是甚麼，所以對它特別著迷（一眼看不透，或餘韻不盡的，那種美感蠱惑，影響至今），也相對看較多詩篇與詩評，創作上也以詩居多。我作品中的單純色彩，大約是同一類的詩所影響、激發出來的罷。那一類詩曾是我非常喜歡的，如大陸詩人匡國泰的作品。古典詩中可以類比的情況是我非常喜歡山水、田園詩。

每年社上都在升旗山主辦文學營，歡迎全國文友參加。這大約是一年中最大型的活動，其他的是例常聚會。後期成為幹部，慢慢做到副社長，要推廣文學閱讀，才逐漸有了無力感。簡言之，要求高，不能盡如人意的地方自然多了起來。當時好幾首不成熟的詩，寫的都是這類心情。不過，我對這類心情其實不甚喜歡。基本上，對文學的寂寞，我希望像出過水

痘一般，一旦出過從此免疫。幸好來台脫離社團情境，即沒有這類心情。至於獨自寫武俠的心情，則非寂寞之屬了。

2

黃錦樹：我知道你原先是唸動物系的，後來竟然考上中央大學的中國文學研究所，並在師大取得中國文學的博士學位，而且你的研究主題還是公羊經學，是宋翔鳳嗎？（說錯了歡迎修正）這真是一段不可思議之旅，你願不願意談談這一段心路歷程？台灣的中文系這二十多年來一直是食古不化的象徵，你是以怎樣的決心做這麼深的投入？

吳龍川：常有人問從動物系轉到中文所，我開玩笑的答覆是：動物總得進化罷！原本我以為覓一正職，而文學可為副業。後來才發現，不是每個人都能身兼兩職，既是醫生又是音樂家之類，最終總得擇一安身。

大學初期確實想念中文，然看到課程古典居多（彼時鍾情現代文學），非我所喜。兩頭不著岸，身心無法安頓，動物系唸得辛苦。爾後大三接觸一些傳統典籍，才慢慢接受了古典。當時只心中存了一念：大四去旁聽或修幾門中文課，就揮手掰掰返大馬了。大四選修了四門課（文學史、文字學、詩選、世說新語），又旁聽其餘，一年唸下來，我非常堅定這是

我要的。第二學期即決定延畢，再唸一年大五，準備考研究所。唸動物系時，謀生的現實對我壓迫挺大，可是一旦決定唸中文，現實忽然渺然遠去，反而是它揮手向我掰掰了。在此之前我常耽溺於中學的回憶，藉以取暖；但從那一刻開始，我的人生開始往前看，至今「回憶的悵惘」變成很稀罕的事。

一切的發生，是出乎意料之外的自然。不過，我想也不是沒有原因的，畢竟之前我已痛苦掙扎三年，幾乎每天都會想到：我究竟要做甚麼？沒有長時間的迷惘、徬徨、衝突，我的決定無法如此斷然，我感到自己尋獲——安身立命之地。

碩士研究公羊學（劉逢祿），實與一個基本念頭有關：經學是傳統學問的重心。在我私心裡，第一喜愛義理，尤其老莊、禪宗、宋明理學等。第二才是文學（至今猶然）。經學是排在兩者之後的，或可說，不在喜愛的排行榜內。不過，在中央大學口試時，岑溢成先生聽我說要追求精神的絕對自由，覺得我雙腳虛浮，飄在雲端；因此一旦知道我想找他當指導教授，就擺明不收義理的，要我腳踏實地。我折衷衡量，應了他許下的題目：做公羊學罷。這段紮實的磨練，讓我更有耐性，至今回想並不後悔。其中主因是，離開動物系後，我逐漸明白一個道理：凡我所經歷的，以後，我一定可以在某一個主軸底下，把它們統合起來（就此而言，即是武俠或寫作）。

至於中文系食古不化，其實我未曾想過。我只追求我想要的，對人事或其餘，不太花心思。我既沒有介入內部企圖改革，那麼，一貫遵循的就是從心上解決的途徑——就是對治我自己的情緒。不過，如果這句「食古不化」指人對待學問的態度，而非其他，則我以為保存古典與應時變化，本就兩難，需要大智慧。

也說說你的文學傳承吧。魯迅之於你，是否有特殊的影響（除了你曾提的郭松棻、宋澤萊）？

3

黃錦樹：宋澤萊應該沒甚麼影響，他是發瘋的教條本土派，我不是；我既不本土也沒瘋。魯迅則有點複雜，我喜歡他文學裡的陰鬱與冷嘲，野草般的荒蕪與強韌。我們現在的處境很像他那時的處境（始終處於徬徨、吶喊），但他畢竟是大國的一分子，我們則甚麼都不是——頂多只是現代民族國家不受歡迎的房客。在大國崛起的年代，我們更顯得徬徨。

無論如何，他演示了文學與立即的歷史的緊張關係，卻能同時保留文學的曖昧與複雜。他建立了現代中文文學的基本尺度。這尺度，不只適用於中國作家。

我想你的自我追尋之路也可以讓後起者借鑑。你有不錯的機緣。另外，你原本是寫詩的，怎麼會突然跨足武俠小說？從一個文字那麼經濟（接近極簡）的文類走向一個時間性設定在古代、字數至少需滿足長篇的要件方足以充分開展情節的類型小說。在這少與多之間你自己是如何平衡的？換句話說，你如何在武俠世界裡安頓你的詩（我一直都還保留著你是個詩人的印象）？類型小說一般而言必需滿足類型本身的若干限制條件（譬如江湖、武術、報仇報恩），這是否會偏離一般對文學（所謂的嚴肅文學）的要求？

吳龍川：我開始寫武俠，也是詩的接引。記得那時看了南宋詞人姜夔〈念奴嬌〉（鬧紅一舸）的詞序，原文如下：「予客武陵，湖北憲治在焉。古城重水，喬木參天。予與二三友日蕩舟其間，薄荷花而飲，意象幽閒，不類人境。秋水且涸，荷葉出地尋丈，因列坐其下。上不見日，清風徐來，綠雲自動；間於疏處窺見遊人畫船，亦一樂也。朅來吳興，數得相羊荷花中；又夜泛西湖，光景奇絕，故以此句寫之。」

身處湖上而藏躲荷葉之下，此景一直令我感覺極美。如童年時候藏身枯乾的灌木叢，那密密的枝網，是一個天然築就的隱密天地，自在而隔絕。今日回想，姜夔所述，大約勾起我相似的回憶，至於清麗可喜，則猶有過之，以致「綠荷」意象迴繞不去，遂於一九九七年六月十四日寫下武俠的開頭，短短不到兩百字。

這個開頭停在那兒很久，情節一段段慢慢推敲，才往下擴展一些。

詩對我而言，即美——不管是形諸文字或腦中想像的美。當初想寫武俠，也只是想寫一部想像與文字之美兼具，自己看了喜歡的作品（別人如何想，當時不曾考慮）。在這一點上，除了情節的推敲比較實際外，寫詩與寫武俠的想像意境相似。以是，在武俠中，詩自然不曾遠離。

至於類型問題，在我的主觀裡是不考慮的。我的人生很大一部分，只考慮喜歡或不喜歡（做某事）。不過，作品免不了成為別人評鑑的對象。而且，我們也知道純文學與通俗文學的分野，類型是關鍵之一。我沒能力釐清這個問題，只把握一個基準，那就是：類型不等於無法處理嚴肅問題。

而且類型固然有其限制，但議題可以無限開拓。我想看看它可以開拓到何種境地，所以，除了最根本、難以避免的類型特徵，其餘地方（表現形式，書寫策略）我並不一定要全照「江湖規矩」來。寫武俠至今，一些實驗性的想法，或搜集更多元的表現形式，以為日後之用，此類舉止不曾斷過，只是何時動筆的問題罷了。

而由於類型小說先天的限制，難以納入嚴肅文學的譜系，我無法置喙。只能說，歷史告訴我們：唐人豪俠乃至水滸、三國等小說，初始不受注重，後來卻成文學經典。武俠的淵源，有人追溯到《史記》、唐人傳奇；但若以金庸、古龍為準，這類小說的發皇卻在近代。而今不到一百年，金學已蔚然成形。從歷史眼光來看，如果寫作者有意識到武俠的文學性格，它與嚴肅文學的距離應當會越來越近，而不是越來越遠。

4

黃錦樹：高手確實可以跨越類型甚至綜合多重類型。從中國白話文學的傳統來看，金庸是一個特殊的個案，他的文學完成了現代文學達不到的功能。但同時也令人懷疑，到了金庸，武俠小說是不是也走向終結？繼起者（如溫瑞安）似乎就遠不如他。

另外想問你的是，如今寫作對你而言意味著甚麼？為何而寫？你曾說你默默寫了九年。這九年間我們大部分同世代的文學青年都歷盡了滄桑（有的暴得大名，有的不幸早夭死矣），顯然你更孤獨的活在自己的時間裡，閉關求道？是不是可以這樣說，你找到了一條不同的文學之路？

吳龍川：我重新查看當初的武俠手稿，發現剛開始寫作的前三年，動筆寫正文的時間很少，只是生活裡多多少少有了寫武俠的概念存在，一有人物、門派、武功、情節等方面的想法，即隨手記下。在二〇〇一年之前，大致是構思佔較多時間；二〇〇一年才慢慢形成一個寫作正文的習慣，至二〇〇二年才大致做到每星期寫一個晚上。二〇〇〇年二月二十一日，我在手稿裡寫下：「始信自己有寫武俠的能力。」這一點發現很重要，給了我極大信心。

寫作的緣故，首先是喜歡。

然而一個寫詩的忽然寫起武俠，不免讓人詫異。雖說姜夔詞序給我開始的靈感，但為何是武俠而非其他文類，也是疑問。記得初中或高中時，我六哥似乎給我看過他寫的不到三百字的武俠開頭。四哥則早在小學用他的鋼筆書法，在單線簿子寫了兩回完整的武俠。但我沒印象自己做過這種事。倒是得獎後，一位曾經旅台的友人從大馬祝賀我，說大學時代我說過要寫武俠，而且立志頗高哩。然而，我毫無記憶。

真要說，該是時機成熟了罷。古典的閱讀，開啟我對古代的想像，激發我對傳統的興趣（我對中國古代各方面的知識，雖然實際涉獵不多，但私心裡幾乎都為它們保留一個位置，都有知道、瞭解的興趣）。此外，我一直喜歡武術及其理論（只是沒認真鍛鍊）；兼且從小至今愛看武打片、格鬥漫畫。一九九七年六月，我已在中央大學國術社練了兩年傳統武術，雖然摸不到邊，至少親自在操練了。那是剛開始的階段，不用功，一星期才練一次，兩小時。

但與我經驗類似的人很多，為何他們沒寫武俠呢？我想，一切還是緣於我喜歡類似詩的想像罷，我會寫作，寫作需要高度想像，它把前述的經驗統合起來，和小學至高中不斷看武俠的經驗搭上線，成為我開拓武俠世界的最後一星火花，讓我與不寫的人多少有了區隔。於是，當詩創作的想像相對枯竭了，想像的種子重新在武俠世界裡生長。

寫武俠至今沒有半途而廢，那是因為做自己最喜歡的事，而沒有太多的現實考量，一直是我的性格底色——上述這些，是為了回答我為何而寫的契機。這個問題讓我有機會發現它的來龍去脈，寫到這，我也恍然：原來如此。

所以，寫作意味一種對自己極度喜歡的事的一種實踐。至於為何而寫，最外一層，是它能把我對傳統和現代的知識興趣，在想像的領土裡統合起來。最內一層，自然是表達個人想法、觀點，讓自己的人生觀、世界觀在想像的疆域裡伸展。這與許多嗜書寫的人沒有甚麼區別。如有甚麼區別，那就是我花了兩三年時間做到一個基準：當我從事最喜歡的事，我是最平和快樂的；沒有靈感枯竭的焦慮，沒有太多現實考量，只專注當下，讓一字一詞從虛無冒起，一事一物憑空呈顯。

寫作初期，我立下了座右銘：「一字千金，有勝於無；別無長技，平生願足」。一字千金不是自誇，而是有一字憑空冒出，它即是「有」，不是「無」，即值得慶幸，其價如千金。因那時要快也快不來，寫的時間不多，寫的速度也不快；只能要求滴水穿石，慢工出細貨。此因生性疏懶，在很多地方表現的性格是心急手慢。如果心一直很急，勢必產生衝突而有負面情緒，於是把心放慢配合寫作的慢速度，才能讓我真正享受寫作的樂趣。

「我喜歡寫武俠」始終是我的原點。除了它，沒有其他支點。至於能否寫完，完成後會如何，理當不在考量之內。於是，開頭幾年不免要鍛鍊的事，即「回到原點，不忘初心」，以此排除考量現實的心緒，儲蓄專注當下（走長路）的能量。由此慢慢做到，所寫出的或正在構想的小說本身即幾乎能完全滿足我，不必太要求外在世界如何回應我。一切的酬勞報償，都是額外的花紅，多出的欣喜。

因為這樣，我並不與同輩比較，我常想到的毋寧是那些三四十甚至五十歲才寫出作品，或一生當中才寫一部傑作的作者，這些人的故事或軼聞，給我莫大的激勵。

5

黃錦樹：很難得你還保有一份對生命、對自己的純真。能否比較仔細的談談你對武俠小說的想像及你自身在這領域的規劃？

吳龍川：先說規劃好了。《找死拳法》是二〇〇五年才構思、創作的，我原初在寫的武俠，是「地水火風」（或「成住壞空」）四部曲的第一部。四部曲的時代從北宋，一直寫到明末清初。接著，大約寫一系列清末比較不一樣的故事。所謂不一樣，除了主題、情節等外，在武功上想回歸到人的體能的真實面，描寫武術可以寫實一些，不要那麼「內勁龐沛」，有點接近溫瑞安早期的《今之俠者》（這一部似乎沒有重印，聽過的人也不多，卻是我滿喜歡的一部）。這大約是一個業餘武術愛好者，對武術的真實面要求使然。

魏晉一部，那個暴力與美感並存的年代。極喜魏晉，他們的優雅與世道之殘酷，對比強烈。唐代一部，或許。最後也許是一部春秋戰國的故事，回歸文化的源頭，世界初始之地。希望可以比較寫實的勾勒那個時代，但在寫法上可能沒那麼武俠，比較接近演義。

還有一些在形式上比較有實驗性的作品，有想過——譬如在書本的形式上猶如「散裝」的武俠小說，讀者可以自由組合，不管依哪個順序看，都自成一個相互指涉的故事。這些或許在純文學領域已不新鮮了，但在武俠小說這一塊，還有些許新意。倒是，形式的想像還滿有樂趣的，也算武俠小說的想像罷，但可沒把握一定能做到。總之，目前這類都先擱著，先寫正規的。

如果現實環境允許，即使作為自由作家，上述作品，大致還可以讓我寫廿年。

至於「武俠想像」，我不太抓得準這個問題。動手寫作，原即想像版圖的拓展，想像蹄印的馳騁。若還有其他方面的想像，大約就是上曾述及的，想看看武俠這個類型，可以在主題與境界上有多少的開拓。

大馬《星洲日報》文藝春秋　二〇〇八・五・十八

在毛髮上刻字——黃錦樹、吳龍川對談（下）

6

黃錦樹：馬來西亞出身的背景對你從事武俠小說有任何意義嗎？這又分兩個問題，一是大馬華裔文學青年好像多少都有對武俠的憧憬，能否請你比較仔細的談談你對這問題的看法。是緣於我們文學養成的背景（武俠、小說、電影、電視連續劇），還是種族政治的準江湖氛圍？

吳龍川：來台唸書才發現文學院的大馬人，大都愛看武俠。我想課外書籍的缺乏是首要原因，其次是通俗的緣故。當時的書店基本上是文具店，最能看到書的是租書店。而它又只有大量通俗讀物，且以武俠、愛情居多，偵探少許。

第三個原因，大概還有喜歡武俠之中蘊藏的中華文化吧，從裡頭尋找文化認同，這類情懷，大馬友人或多或少都有。正如中學時代看羽球賽，除非中國對上大馬，不然，百分之九十的華人還是支持中國贏。中國在此是一種文化主體的象徵。而且，華文教育相對普及，影響所及自有身為華人的自覺，對傳統文化的憧憬，由此開展拓深最容易。即便台灣理工科系學生，武俠也是他們進入傳統文化的最大入口之一，一如在台灣開機上網首頁即雅虎。

第四個原因是梁羽生、金庸以後的武俠，注意力幾乎都在主角身上，雖然他最後的結局不一定完滿，但作為武俠焦點的武功（猶如電玩世界中的寶物），主角大致都能獲致頗高的層級，以此優勢，極致地表現一種個人英雄主義，成為主要情節進展的根本驅力。於是，武俠中容或有失敗的英雄，卻沒有失敗的主角。這樣的主角終究還是個英雄，而不是狗熊。即便如《鹿鼎記》的韋小寶，雖然武功不行，但在江湖世界以他個人的意志、手段取得成功，也不脫這類形態。主角再無賴，在屬於他的舞台裡，讀者依然無法把他看成狗熊。這種類型讓武俠比一般故事吸引人，它在某種程度呼喚人們潛藏內心要以獨立自主的方式，不依傍太多他力，變強、變好的欲望。

其他邪不勝正，善惡有報的主題，大致還是憑藉主角的武功與心智達成的最終目標，同樣難脫個人力量籠罩的範疇。

總體而言，武俠顯示的快意恩仇，敢愛敢恨，代表某種俗世所無的自由與力量，也最大限度伸展、體現了個人的意志。這是武俠小說最吸引人的原因之一。武俠之所以為類型小說，這也是重點。就我而言，這些類型特徵容或不能完全剷除，但都可以鬆動。記得寫武俠前幾年，常浮起的念頭是：為甚麼主角最後都有很高的能見度，不要這樣行不行？這也許是我往後要嘗試的方向之一。

上述的解析，基本上也適用於我，即受武俠、電影、電視、漫畫的影響；與種族政治的關係較遠。然而，不可否認的，全球性的動亂局勢，或某些永恆的主題，譬如仇恨、戰爭，是我的武俠母題之一。不同門派（含括或影射不同種族、不同文化）背景的兩方或多方的誤解所產生的仇恨，乃至由此引起戰爭，是我關注的議題。但它的萌芽，卻不是從大馬的政治問題開始，而是我個人從死亡的角度切入，擴延至戰爭（戰爭總是涉及大量的死亡），由是思量是甚麼樣的人性，導致人類可以肆無忌憚的殺人（屠殺、虐殺等）。因此，我對殺人魔、獨裁者的心性，有瞭解的熱誠。「地水火風」的第一部當中，主軸之一便是殺人魔的故事。《找死拳法》某些段落也較暴力，不太適合小學生閱讀。

7

黃錦樹：現有的武俠小說幾乎是純以中國為背景的，是不是便於讓你安頓進整個你的中國（所謂的文化情懷）？還是你覺得大馬背景還是有它的效用？

吳龍川：寫了幾年武俠，我慢慢發現中華文化只是我接觸世界的最大入口，卻不是唯一的一個。我心中始終對這個世界充滿好奇，讓我開始立足本土，眺望世界。雖然還未把它寫出來，但已在我的寫作計劃裡。我不知道這是否與出身大馬有關，抑或單純只是因為我想更充分瞭解這個世界，所以有了這個想法。與大馬出身比較相關的，倒是有想寫一部早期馬來西亞華人的武俠（武打）小說。這個想法，最後擴衍成清末的一系列小說，它成為其中一部。

8

黃錦樹：你覺得你的武俠小說還可以放進馬華文學這口箱子嗎？馬華文藝獨特性的首要要求：寫此時此地的現實，對你而言，三個關鍵詞都非常尖銳。

吳龍川：如果以古代的中國背景而言，確實與馬華文學沒有關聯，唯一的聯繫是我是大馬華人。但若我依據一定的大馬史實，寫一部清末發生的小說，它的定位就比較不那麼確定了。當然，能否放進馬華文學的箱子，我無法在寫武俠時兼顧。我不能因為要置身馬華文學而不寫武俠，或專替它寫一部武俠。當初想寫一部清末大馬的武打小說，單純因為我的大馬華人背景，而不是考慮到馬華文學與我的關係。

但純粹從馬華這個角度來思考的話，你在《刻背》後記裡說無法虛構種族大和解的大同世界，而小說或論述處理的主軸之一，即是華人困境、種族問題。政府為照顧馬來人，以政治權力制定不公平的教育與經濟分配政策。在小說裡它們具體化為各類困境：死亡、失蹤、幽魂、歷史缺席等等。這的確非常不公平，我來台前的想法也是如此。

大約千禧年前後，開始注意台灣政治（以前超討厭政治），各類鬥爭紛呈。忽然想到大馬，如果跳開公民權利，從另一角度看，這類壓迫所造成的忍氣吞聲、委屈、憤懣，換得的是甚麼？數十年的和平（即使你說那是表象）。和平是有代價的，那為何由我們付？

從馬哈迪幾年前當眾落淚說馬來人不爭氣來看，華人的確是強者（整體而言）。即使新經濟政策實施多年，掌控經濟的實力依舊，坐實了偏激馬來人所謂掠奪者的論調。華人的反應大致還是不應動用政治權力限制經濟。可是不可否認，我們必須付代價的緣故，乃因經濟上的強勢，由此反映至聰明才智亦然，故要以教育政策鉗制。而雖說政府支持馬來人，在資源上佔便宜，不過，可以輕易發現，很窮的華人固然有，普遍上馬來人仍比華人窮。我要說的是甚麼呢？我想到三個小故事。

第一個故事是我有一學生的朋友（台灣人）在印尼泗水訓練來台的印傭。學生說百貨公司的特異現象是：作為少數人種的華人都逛高檔的一邊，而多數人種的馬來人則晃廉價的一邊，涇渭分明。

第二個故事是比爾蓋茲和股神巴菲特捐獻做公益的事。前者的慈善基金會是全世界最有錢的基金會，後者則捐出百分之八十財產，其中三百一十億美金捐給比爾蓋茲基金會來運用。

第三個故事是某日無意間看到慈濟刊物，他們到大馬幫忙受水災肆虐的馬來甘榜，捐助並重建家園等事。這些慈濟人自然包括大馬華人在內。

沒有一個華人會承認是掠奪者，我們是建設者，流的汗血不比他們少。但這樣並無法減低馬來人的妒羨與不平；我們是生活於此短短一兩百年的外來者。對我們來說夠久了，但對沒有能力在自由環境和華人競爭者則否。他們不是南非白人，人數少卻具各方優勢。可以想見如果他們不是多數，台灣歷史上漢人壓制原住民的情況將在我們那兒上演。他們唯一掌握的是政治權力，自然要從這點來鉗制，合乎人性，當然不合理。

最近一年，我有時想到的是我們華人對他們做了甚麼？或許大多數華人會說，我們幫自己都來不及了，還幫他們？這正如有人不喜慈濟到國外救濟一般：台灣餓死的不少，還幫到國外去？

其實，我覺得大馬華人企業家對華社或社會的整體回饋還是不足的。對照此地商業與公益機制的「相對」成熟，大馬企業家在這方面明顯缺乏意識：公益與商業可以是合之兩利的事業（台灣《遠見》、《商業周刊》頗多報導）。因為這樣的緣故，獨中教育沒有大企業支持，而須從民間商家小額籌取，自然酸辛備嚐（你的〈第四人稱〉）。簡言之，華社若需大額資助，本須以大企業為主，而今大企業沒有動靜，或捐助不多，自然辦教育等事，辛苦異常。

對這類種族問題，我的確外行，它們只是偶爾進入到意識的片段，不是我思考的重心。公益才是真正進入我視野的部分。我認為華人企業家可以做得更多、更好。或許它無法改變政治現狀，但似乎可以作為一個突破點。

我這種想法，大致還是——屬於你所謂虛構的大和解罷？

9

黃錦樹：你的回答加問題好長（報紙可能會吃不消）。抱歉我的回應會相對的簡短。

馬來西亞的種族政治，是個既成的事實，二〇〇六年十月間，李光耀一席「馬來西亞華人被有系統地邊緣化」，引起的政治風波及相關的回響，都清楚看到那冰山的一角。在種族政治之下，被邊緣化的當然不止華人，印度人回應說他們更慘，那也是事實。世代住在山裡的真正的土著，也是受害者。從制度面來說，那是資源的系統性剝奪及持有，和殖民統治類似。但在各個族群內部，各自有其貧富階級，換言之，與分享到權力及與官方勾結的華印資本家，都是獲利者。這就是社會科學家說的，階級問題的種族化。在這種情況下，不同種族的窮人之間是有著很深的敵意的。但被有系統地邊緣化的族群，會更覺心酸、更覺得沒有希望。沒有歸屬感。就如殖民主義下的被殖民者。但華人一貫務實，生存下去不會有問題。以大馬的自然條件，既使是被壓迫階級（不論種族），只要四肢健全，不生太多小孩，也不致餓死（滿足最低的生活要求）。

「和平的代價」其實是大馬官方的（「合法」）暴力恫嚇，一如所有的不平等社會（試回顧黑奴及女性解放的歷史，更別說所有的反殖民抗爭），爭取自身的權益往往被視為對主導階級（族群）的挑釁，是討打、「找死」的行為。

你說的透過社會公益來解套，我抱持著比較悲觀的想法，那只能作為輔助系統發揮它的功能。個體化的「以德報怨」。所謂的「有系統地邊緣化」指的是用一些制度性的要件，譬如華小與獨中，問題在於即使華人人口增加了它也不能增加；即使你再優秀，抱歉，你們擁有的固打非常有限，獎學金、升等之類的，都沒你們的份。這一定會累積怨恨，集體的怨恨。這跟財團大概沒有直接的關係（財團對於華校不至沒贊助，但情況如何，我沒資料），教育也不能靠財團。財團無國籍。我想華人財團最感興趣的大概還是中國大陸，這是另外的話題了。

台灣的社會福利制度並不算好，但比大馬好。公益和環境保護，在台灣也是較新的話題，總是在問題已經很嚴重之後才被廣泛的注意。最近的全球暖化議題，大堡礁珊瑚的大量死亡，第五次物種大滅絕，比任何其他問題都來得嚴峻。亞馬遜河流域及婆羅洲雨林的快速砍伐，很多都是財團之所為。我很懷疑處在風暴點上的那些第三世界國家，會做出甚麼積極的反應。到頭來，或許我們在有生之年就可以見到世界末日。

吳龍川：「人，真的是會死的」（〈亡者的贈禮及其他〉）。這句話當初在報上看到，心裡一動。人是會死的，不過很奇怪的是，人無法真切感知自己會死。想到自己會死的「念頭」，與真切「感知」自己會死不同。一般人有此念頭通常只能支撐一瞬，現實就張口吹熄它。絕症者想到死亡，通常是恐懼，恐懼取代人會死的真情實感。所以羅智成的詩「我們豢養於體內的死亡一天天長大」，對大多數人言，是隱形不顯的。你的筆下出現了大量死亡意象、象徵；後來岳父、父親過世，幾處談到，大略是死亡把一切拖進深淵（《刻背》後記），死亡是個謎，抵達之謎（《土與火》序，及答駱以軍問）等。小說裡的死亡，畢竟與作者人生經驗有異，不知能否談談？

10

黃錦樹：我想是中年的心境吧。一代新人換舊人，這些年剛好是父輩世代凋零的季節，也是下一代出生、成長的歲月。「必死性」從哲學修辭具體化為眼前的現實。對衰老或活在痛苦裡的生命個體來說，死亡是一種解脫；然而就所有的生命個體來說，死亡其實如影子般的存在，在向陽性驅使下被忽略而已。

一代人的生活，到第三代大概還會有一些記憶；但到第四代，幾乎就全被遺忘了。這是人之歷史的代謝規律，我們自也不例外。而這過程，其實就發生在眼前。那時時刻刻的現在。這也算是我近年的生之體驗吧。

話說回來，哪個故事裡沒有死亡？

吳龍川：如果文西．鴨都拉初始雖迫於無奈，爾後做出安立於巫文化的抉擇（〈阿拉的旨意〉）。又或者接受英式教育，一個寫英文小說的華人，華人文化於他可有可無（但不至於剝奪殆盡如鴨都拉），那麼歸屬於某一鄉土或種族問題相對淡了。畢竟，每一種文化都可以讓人安身立命。重點在人們「真正」抉擇了沒有，而不是抉擇了甚麼。我想問的是：國籍或種族，對你而言意味著甚麼？是一種需要非常明確定位不可者（主觀而言；客觀當然不必然），抑或可讓它恆處曖昧而能心安？很好奇你對一個剝除國籍、種族的外衣，單純以「人」——安於某一種文化或理念的「人」——的存在的看法是甚麼？

11

黃錦樹：〈阿拉的旨意〉其實寫的華人為生存簽下了同化的魔鬼契約吧。也是我們眼前的現實。我同意你的看法，每一種文化都可以讓人安身立命，華人在美國及其他強勢文化的國度均如此，一如帝國時代在華外族的漢化。能接受漢化就該接受胡化。十九世紀前的南洋華人即是如此，溶於當地文化，沒甚麼不好。那是類似於自然狀況下的生存適應。但現代民族國家的做法卻非常惡劣。我對國籍或種族並不偏執，只是不喜歡被迫馴服於甚麼。生物學家說，人，每個個體不過是偶然載負基因的載具，在物種基因史上往往不具重要性（除非你的基因有重大變異，而且該變異有助於抵抗某種致命疫病）。唯一有意義的部分大概是文化上的，那是歷史選擇了我們（哲學家說的「被拋的存在」。大師留名於文明的碑石，我們大概刻於牆磚的底部），即使是小水溝般的馬華文學史。（開個玩笑：在小水溝，五吋長的魚就算很大條了。）

歷史極其弔詭，大馬英校基本上恢復了，就從私立小學開始。雖然只有相當有錢的家庭（上層中產階級）唸得起。以國際化之名，巫、華兩種民族主義大概都不是對手。但似乎也沒甚麼不好。

只是讓英語借屍還魂二〇二〇宏願很可能又以一代人為白老鼠。君不見最近大馬官員考慮讓小學從五歲開始嗎？那誰還會有童年？

吳龍川：在《刻背》後記裡，你說「我的兩位同鄉前輩（李永平、張貴興）寫作何以選擇如此徹底的美學化，因為選擇和自身存有的歷史對話就等於自絕於此間的讀者」。我的想法卻是，包括你在內，人數不過十幾位的旅台大馬作家，對字句捶煉都比別人多些、狠些，表現非常一致。李永平的問題應在他的思想內涵（當然或可因此反過來說，其鍛煉字句深化了內容的中國性）。如果一人冶煉文辭，寫的卻是馬華極端的現實景況，其病想不至此。天狼星創作向中國傾斜，大抵亦屬此。我想說的是，文辭之美雖或有其特徵，但與內容的聯結，才是造成所謂逃遁可以成立的主因。畢竟沒有有獨立於內容的形式。當然，錘煉的大方向或許有二，一是往古典意象（古字）方向的錘煉（極端的可能寫廿一世紀，卻不提電視、手機，而改以古典的修辭，如現代人寫古詩無法插入現代名稱一般；或如你說的「作品的美感不回到古代就不被承認」，見《土與火》附錄四），二則是單純的錘煉不往古典傾斜。我未曾拜讀你對馬華文學與中國性方面的論述，提出問題容或有誤。不過，這種可能失去主體性的書寫方向，你的指陳切中肯綮。但在如何判斷作品是否具中國性這部分，我好奇能否以一判準來確立？而對第二方向的錘煉：為何為數不多的旅台作者，擁有如此一致的、刻意鍛煉的心志，我們能提出甚麼見解？抑或還是籠罩在對母體的膜拜上？

12

黃錦樹：有些寫作者耽迷於中國意象，筆下盡是唐詩宋詞套語，或者不斷向一個想像的文化母體哀泣自身的被「放逐」。我一直覺得這種取向是很沒出息很丟人的，也覺得它是條死路。你提到的著重於文字錘煉的馬華作家，你該注意到：一、他們都不是現實主義者，二、都受過現代主義（及其後的文學思潮）洗禮，有一定的現代（及古典）文學教養；更重要的是，都「沒有家園」——只能詞的流亡於自己的文學共和國（即使不過郵票大小）。文字的冶煉和它的中國傾向在邏輯上沒有必然的關聯，但漢字使用的歷史卻讓它建立了文化的邏輯聯繫，文言文就是冶煉之極致，古代典型。換言之，我們是否能逆著文的邏輯、逆著回歸之途而走出另外的生路？那其實很困難。還有待觀察。我只覺得我們似乎對文字還不夠殘忍。優美的中文，尤其是古腔，會轉化現實：把差異的現實熟悉化。如果只談文字的冶煉，只能這樣說：我們都是行走江湖的微雕藝人，都要學會在毛髮上刻字。

大馬《星洲日報》文藝春秋　二〇〇八．五．二十五

副刊十問吳龍川

1、怎麼看待大馬作家海外發跡這股現象？

我想，這應是來台灣選唸中文，或有興趣寫作的大馬人，在這片中文相對豐饒的土地，盡情傾灑他們對文化的熱情吧。噴灑的熱情不易被現實澆滅，發而為文章，或有熠熠神彩，以是不致湮沒，遂有發跡現象。我轉而想說的是，寫作動機千百種——可能是使命感、可以是名利等——但不能缺乏熱情，不能缺乏無盡追求的心。這樣才能相對擺脫現實羈絆，而有往上成就自己的一股志願。這些作家，大致都表現了這股強烈心志。換言之，不管在何處，只要有相對豐富的中文環境（中文書籍），有向文學大師學習的熱誠，有成就自己的志願，一舉登頂的情況，自然較易發生。反之，不管在台在馬，過分受現實干擾的寫作者，容易喪失夢想。

2、網絡的崛起，對大馬文學書寫的影響，您有何看法？

書寫必定是文字，這是它的本質，一旦不是文字即非文學。如果這裡的網路，不單指網路中的文字，而是其他形式（尤其影像）的表現，說它影響書寫、閱讀的人口，那是必然的。這是整個世界的趨勢，必須共同面對。不過，部落格（blog）的興起，又顯示人人都是寫手的時代來臨。而且，書寫與影像往往結合，這種情況是前此的書籍所未有的。台灣即有出版社發掘部落格作者，出版圖文並茂的書，名噪一時。對有心人而言，經營部落格宛如寫一本大書，題材可以多樣，譬如地誌或自然書寫等，這方面大馬作者絕對大有可為。

3、文學無用論，你的看法是？

文學、藝術、宗教皆與心靈貼近，但其力量是無形的，它的積累與消毀，似乎都發生在粗糙的感官接受之外。我始終認為，人們只是不清楚精神對物質的影響有多大罷了。在此，與其借助文學，我寧願借助科學對無形的精神領域所做的研究，證明無形的影響力——我們的思維、意念如何影響我們物理的肉體。西方這類科學研究還不少，相當有說服力。我一直以為，人體最不自由的地方，就是腦袋（思想）。所以，當我們願意把精神的宇宙再打開一些，所謂「無用」，不過是我們的感官受到無形的限制所產生的看法罷了。

4、對現在有志於文字創作的年輕朋友，你有何建言嗎？

要成為作家不難，要成為一流的、頂尖的作家很難。做一般作家，只要多寫，自有相當名氣。如果有志往一流邁進，除非極端才氣，如張愛玲、白先勇，寫一兩部即名留青史，否則，寫作者應該讓時間好好磨練他的耐性，雕琢他的心靈。但在漫長過程中，有人發現似乎無法獲得外界相應的回報，就放棄了。這時，必須不斷嚴苛地逼問自己，你是為外人而寫嗎？不是為自己？我的快樂，首先來自寫作本身，外界反應僅是寫作的延伸。這樣想，才能堅持，而「堅持也是天分的一部分」，這是我服膺的信念。

5、你心目中的文學大師是哪一位？

我喜歡的作家有沈從文、張愛玲、余光中、楊牧、李渝、羅智成、余秋雨等。武俠小說是金庸、古龍以及王度盧（《臥虎藏龍》作者）。不同的文類，各有喜歡的作者，很難決定一位。基本上，我喜歡設喻精妙，文字潔淨，富有韻律，兼且餘韻不盡，思想深刻的作品。它們有時不限一家，可以是任何單篇作品。這類作品的文字或意境，與詩接近，通常充滿想像力，與美。

6、你最欣賞的同輩文人是哪一位？

這與最欣賞哪位大師相同，基本上不限一家。此外，若這裡的同輩指馬華作家，由於我一九八八年赴台，比較熟悉的是在這裡可以看到的作家作品，包括黃錦樹、陳大為、鍾怡雯、辛金順、林幸謙、黎紫書、方路、張草等人。我欣賞他們的共同特色，那就是相對台灣作家，我發現大馬作家會對文字下深刻工夫，這個特色如此鮮明，從李永平、張貴興到上述諸人，都是如此（這或許可以是一篇論文的題目）。對文字的經營原是作家本分，他們對此卻明顯有超出一般的興趣。雖由此呈現迥異的創作面貌，但這股執拗（熱情），在某方面來說，卻使彼等的創作有不一樣的質地。因此，鍊字或許是基本功，但其發皇張大，可以造就更本質的東西，那就是文章的風格。這是我最欣賞的部分。

7、誰的武俠小說寫得最精緻最大氣？古龍？金庸？溫瑞安？還是……。

論精緻，當推古龍、溫瑞安；說大氣，則非金庸莫屬。當時空沒有經由書中人物展開，英雄的蹄印沒有踏遍山河大地，沒有匯入歷史的洪流，似乎不易做到大氣。地理、歷史的因素，對大氣起了決定性的作用。黃易的武俠也是如此。相對而言，古、溫二人在這部分是有意的缺乏。但二人對人物的內心刻劃較多，兼且遣詞用字，精美而細膩，理應是造成精緻的主要原因。

8、怎麼會想用順寫／逆寫的方式來寫武俠小說？

也許受現代文學陶冶之故，因此雖然寫武俠，但一直關注不同的表現形式。凡看到特殊的，都會記錄下來，並設想我的其他武俠作品，或可如此寫。二〇〇三年，在台北賣簡體的書店看到一本中國翻譯書——應該是法國小說吧——就是兩個內容相關又各自獨立的故事，一由封面順看，一由封底逆看，兩個故事在書的中間結束，頗新奇。當時即想到一故事雛型，寫某人想死卻活，另一人想活卻死了，是兩個相關卻獨立的故事，書名就叫《找死拳法》，時代設在十九世紀，甚至與大馬華人移民有關。不過，完成的這部內容與原先不同。

9、得了溫世仁武俠小說百萬大賞，對你最大的意義是？

這表示，我往未知的、廣闊的世界馳騁的夢想，跨出一步。其實，我的武俠不是憑空冒出來的。一九九七年六月我開始構思武俠，接著形成的寫作習慣是，每星期選一天晚上，到咖啡館寫作。這樣的寫作時間，籠統計算持續了九年。當時支撐我的，不是能否出版、成名，而是寫一部武俠娛樂自己。當然，開始還有得失心，但我試著克服。兩三年後，我已能夠把寫武俠當成是從事一件讓自己快樂的事，其他考慮已被摒除。我這輩子的希望，一直都是盡情做我最喜歡的事，以平實的物質，富饒的精神活著。我想，這個獎是對這樣的心念，一個豐碩的回應吧。

10、得了文學獎而一躍成為文學明星的時代是不是過去了？

首先，要看得甚麼獎。如果那個獎非常重要，要成為文學明星可能性較高。例如諾貝爾文學獎，即使得獎者不會成為國際的文學明星，平情而論，至少在其國內應該也算明星。除了這類成就獎之外，一篇作品得獎的情況，要成為文學明星較難。不管精粗，創作總是講究持續、積累，一獎作者的光環撐不了多久。在台灣常見獲中時或聯合兩大報首獎者，或許默默無聞，或許曾離開文學圈子又兜回來剛好得了獎，從此又不見蹤影，這類作者不少，很難說即是文學明星。而若他常得獎，至少表示其創作有相當持續度，成為明星可能性自然高了。

大馬《星洲日報》星雲版　二〇〇七．一．十三

武俠人計畫・訪談——沈默與滄海未知生

按：此乃《明日武俠電子報》主編沈默所發起的訪談計畫，受訪者皆溫世仁武俠小說百萬大賞長篇得主。本次對談分七期刊於《明日武俠電子報》，自二〇一二・七・六至二〇一二・九・七。每期皆有標題，例如：〈滄海未知生、沈默對談：武俠人計畫，訪談之一：滄海・未知生（一）〉。今為簡淨起見，只保留對談，餘不贅。

沈默第一問：

《找死拳法》係溫武第一屆首獎得獎，當時以提出寫作計畫的形式進行，在這一點，你書寫時是否感到困難？抑或反倒更為順暢？另外，當上天下大會首任盟主（請容我暫時套用這個稱謂在溫武首獎得主身上），你的生活有無改變？

滄海未知生答：

未寫《找死拳法》之前，一九九七年我開始在單線簿上寫第一部武俠（暫名《流行劍法》）。

雖然一早即在薄子上以主題、情節、人物、武功、門派等分類，但那是創作的總資料庫，是把所有可能的想法，放置各標題之下，並非針對《流》所設。所以寫作伊始，並無預設完整的結構、情節等等。

那時沒筆電，寫論文是在家裡，用PC；而武俠創作通常到咖啡館，只好帶簿子去。自二〇〇二年始約每星期寫一晚，三至四小時。

準備參賽溫獎，沒多久朋友送來二手筆電，才依上述結構、大綱等方式書寫，反而順暢，可說是參賽的重要收獲。

得獎之初接受不少媒體訪談（感謝明日安排），去幾家大學演講。幸好，生活沒啥改變。畢竟，我的希望是自身這個實體，可以在筆名所虛擬的遐方絕域，隱遁無名。

這不止是創作的初衷，也是一種世界觀的表達。

沈默第二問：

找死拳法的設定，相當有意思。特別是手舞足蹈間自然而然的氣勁生湧，非但形成極強韌的防禦，甚而能以之制敵殺人，真是無形之形、無狀之狀，而且重要的是它攻守合一的神奇特性，當初是怎麼去想像這樣無敵之敵的拳法？

滄海未知生答：

我對武功的發想，受八零年代大陸流行氣功影響頗深。

它們有些並不像一般武俠所寫，入手練氣得走任督二脈，氣聚丹田之類。甚至大多不經打坐，而是所謂動功（反而見效最快，而且淵源古老。《莊子．刻意》提到導引，大致如漢代出土的馬王堆導引圖）。意念的使用，不見得只關注氣，同時有想像（佛教觀想，道家存思）。觀想固然是意念的另一種使用，或即意念自身，畢竟和傳統武俠所言有別。

通常涉及光，各種不同的光。

後來在一些氣功辭典看到古人相似說法，才知傳統武俠把練功的路子寫窄了。按其練法，多採坐姿，留意吐納，路徑則不離自鼻至丹田，走小周天，並多強調意守。但那些氣功卻非必如此，最後同樣達到周身鼓蕩之境。換言之，雖不強調十二經絡、奇經八脈，終則和傳統殊途同歸。

喔！原來這樣也可以。

——這大約是當初給我的震撼和啟發。

此外，則是從氣勁角度揣想：一旦內勁產生，動作是否必要？君不見兩位高手，一僧一道，拱手作揖，彼此一晃，平分秋色，同道高明？拱手看似動作，卻相對靜止，而內勁遽發。此類描述在傳統武俠概不少見。

相識的氣功高手，同時給了我靈感。

譬如發氣，首先練習自掌心勞宮穴出去，慢慢則從指尖，甚至從趾尖、眉心。那些孔竅一開，根本無須動作，氣乃出入無礙。

朋友所練即大陸流行的氣功之一，不走小周天；且和其他動功相類，只在精神層面，求心氣放鬆；在身體層面，以站樁、慢動，通暢氣血，調節、衝激其餘滯礙處。日久氣自然循行經絡，不刻意引導，達到所謂大周天。

這和傳統武俠多詳寫小周天，全身貫通的大周天則水到渠成相似。

所以，《找死拳法》看似瞎掰，依然有傳統典籍背書，並不違背某些實練功法。當然，我無意把打鬥變靜態；取消招式、動作是自宮行為，讀者會看不下去。我只想增加武俠的可能而已，畢竟缺乏多元，容易枯萎。

而自寫武俠之初，總想在結構、情節、人物、武功、門派上有些新意，遂以自身所體驗並加想像，統合到我關注的死亡議題，設想找死拳法的祕笈給高手練練。

另外值得一提的是：讀者大多對打坐情有獨鍾。可是某君身體不健康，氣血循環不佳，不應打坐。兩腿一盤，下半身血液不那麼流通，容易昏沉，而且雜念紛飛之時，不時受腿麻、刺痛侵擾，那有氣定神閒，心思寧定模樣？能有甚麼效果？

以前的大和尚是挑水劈柴，一日不作，一日不食，遠離塵囂，身體比現代坐冷氣辦公室者好多了，以健旺之精神打坐，身心統合，自然入靜，效果大不同。

所以應把身體練好才適合打坐，而非不健康者發揮不認輸精神，以打坐為先，把身心搞壞。極少數搞好的或許有，唯弊多於利，不可不慎。

沈默第三問：

除了武術技擊畫面與特性的營造，我更喜歡你對「武」的辯證與思索，這裡面結合了個人哲學與情感，尤其是找死一事的反覆辯證，非常有意思，譬如你這麼寫：「人若有拚命、捨命之心，表示猶有可以倚仗之處，拳法則要你全然放下，全無依傍，任由觀想的利物宰割、穿刺等等，而心無掛礙。它要求習練者既要真切面對恐懼，同時要真切地逐步放下，練習輕鬆對待死……而且，拚命之時的捨生忘死，不過一瞬間；拳法練出的不懼，則是日常生活如此……」，簡直就是一種深切哲理與武學的完全融入。除了無敵城的找死拳法外，你對各種門派和其武藝的設計也頗為精細到位，包括天山酷城喝酒喝出了境界的武功路數，或者玩踢球玩成精並鎔鑄佛法於其中的魔球會，還有六龍山莊高家分成日新一派的流行心法

（天人合一，自然而然，「一劍天流行，萬物地日新」）和幸福一派的幸福心法（幸福：期望得到福，而克敵全已，亦即完全壓制敵人，而本身寸髮無傷）係根據對《易經》的理解體悟（義理一派、占筮一派）而創等等。且你讓擁有聯覺能力（感官能力產生奇異的超連結，譬如有此能力的人看到字詞自然會想到色彩）的少年不壞（他的聯覺表現為聽他人聲音會有影像發生，例如火花之類的）以可怕的肢解羅漢圖練成找死拳法（需以觀想為發端），也有意在言外的效果。我以為，在這些武藝的背後充滿你個人的體悟，是否也請你談談你的生死觀，以及這些具備中國古經典特質（《易經》與詩詞）的思辯進程，還有把充滿現在感的語詞推回到古代（古典）江湖裡找到置身之地穿針引線的功夫如何造就。

滄海未知生答：

（1）死

死亡是我十七歲對生命好奇的出發點，因為不怎麼親近的奶奶過世的緣故。

起初浪漫的想像裡頭，以為它是一種自由。

上大學時，它的樣貌改變了。

因為生活壓力的催迫，死亡成為我對生命的鏡子質問的反面，它是疑惑。

以前非常厭惡戰爭——討厭戰爭電影，包括藍波之類；不喜歡《三國演義》——卻在二十三歲左右，因不解死亡，開始看些描述戰爭的書籍，譬如南京大屠殺。並從戰爭片、B級恐怖片（大量打不死噁爛的殭屍）刻意尋其蹤跡，既感受它所引發的強烈恐懼，卻始終深受它的魅惑。

以致大三還曾至辛亥路殯儀館詢問：可不可以暑假打工，幫屍體化粧？

結果對方要正職，而且你不是台灣人，不行……。

如此，死亡不可避免進駐心房。經過一段時間，約二十六歲前，其樣貌逐漸由疑惑蛻變，變成全然的恐懼。由於常常想到它，把它當一回事（這跟偶爾才跟它照面、怕一下的人不同。他們可能不會以為自己是怕死的，因為不熟嘛），感覺自己——真的很怕死（比孟麟嘉還糟糕）。

它成為我個人修鍊的核心事項，必須克服。

三十五歲以後，比較敢說百分之八十不怕死，只須微調一下心理狀態。但仍怕一樣東西：怕痛。

所以死於刀光劍影，大概還是筆下人物的事，我則敬謝不敏。

簡言之，我是從死亡回頭去看活著的那一類人。

那麼，死亡於我究竟何物？

後來的體會，以為多數人對死亡的態度有二：一是無感；二是恐懼；可是顯然皆非死亡的真面目。

死亡首先是許多人無感之物。

意思是你問友人：你知道你會死嗎？知道啊（無聊）！那你對它有甚麼感覺？還好啦！沒啥特別耶。

畢竟，生太強大了，只給死亡無聲而陰暗的小角落。

其次，死亡是恐懼。上述的朋友有機會體驗死亡，大約如此。

所以，死亡是我們很難有的體驗。因為多數人不是體驗生命之失去，或換個說法：意識即將離開肉身（因為生命是不死的）；而是遭受猛烈的恐懼侵襲。

而恐懼不等於死亡本身（找死拳法的核心是這個）。

我以為死亡是一種釋放。

它釋放受限於肉體的束縛，釋放能量龐大的精神、意識。我們只是等待釋放到來（此為我期待的死亡），不是迎接恐懼將我們分解。

如此，死亡是趟精神之旅。

我們擺脫長久的蛋白質肉身，回到震動的能量型態；只要頻率夠強，可抵達的範圍越沒限制。猶如堅冰化為水，你以為死亡以後是水（而且還有淨水污水之別，自來水、山泉水之分等細緻的差異）。但能量激盪強的，可以成為水蒸氣，成為雲，遨遊廣大天域，成為宇宙的浪子（我衷心的盼望）。

在我以為生命當然沒有死亡這回事：死亡只是現象，生命是本體。

所以，死亡是一種自由。

——意識離開的自由，或意識自由離開的一種情況。像睡眠，進入夢域的那一跨步。夢，因此常被稱作小死亡。

它的感覺大約和離開一地一人一物類似。

肉體只是一座太空月台，死亡是肉體將離開的生命往宇宙的家鄉發射，讓我們回到久已熟悉的飛翔，和萬物自由交流的本能。

而找死拳法只是藉練武渡越恐懼，和廣大無垠的自由同游。

羅智成有詩云：「我們豢養於體內的死亡一天天長大。」很可惜／很慶幸，那是我們陌生的，因為難以感知。

（2）活

同樣的，大部分人很少真正活著（真活）。

我們大多無法感知死亡，遂難以感知生命存在體內。

或簡言之，活著感。

我們更多是「知道」自己活著，於是以「我有感覺啊」「我有思想啊」「我可以動啊」

等理由，企圖証明如海鮮生猛。那只是理智上「知道」自己活著而已。

我指的真活，是像感受快樂或悲傷那樣，感知自己活著。

這是我們難以生起的覺受。

唯有在瀕臨死亡而僥倖未死，譬如逃離九死一生的車禍，闖出絕症的魔掌——有那麼個瞬間「我活著」之感，電光石火的存在。在那剎那，和死亡一樣深層的「活」，平常受紛繁的情緒欲望壓力等等鉗制，可怕的危險卻瞬息摧毀所有障礙，於是生命只剩「活」那點針尖。

簡言之，一旦掃滅生命河流的垃圾、髒污、腐臭，那流動而清澈的念想，便是活著感。初次接觸，它鮮銳如春芽的毫尖。接著幾小時，半天一天，它消失了。我們很難重現，最多從回憶召喚它，但那——已是第二手的經驗了。

畢竟生命的冬天或沙漠，不是常會碰到的，但唯有那些無限的單一：雪白或者黃沙，可以逼迫我們，將堆擠心頭的多餘之物壓縮得無影無蹤，活著感遂如罕有的脆弱的芽，冒出來了。

生命於我，最好奇的，就是如何感知體內的死和活。

這正如大部分人同意生命是奇蹟，卻無法時常感受奇蹟。反而奇蹟的生命有太多壓力和不快樂，力不從心。真是非常弔詭的一件事。

百分之九十以上的人期望快樂，卻可能百分之七十活得不怎麼快樂，甚至痛苦。我們大多承認快樂短暫，痛苦相對綿長，實際體會亦然。總是輕易感受壓力的綿延（它反像本能），而快樂難以持續。

如果以一天為生命一生的縮影，快樂的時間很難有一小時。

生命是奇蹟，只在講師激勵或上師講道，或某些神奇時光、愛情怒放，存在一陣子，沒兩下又活成生命廢墟。槎枒兀立的消極、自卑、挫敗，或者壓力的斷壁殘垣和烽煙。即便不如此糟糕，也很難宣稱：我常常很快樂。

新鮮的活著，如初生之嬰。

如少年不壞一樣，那麼鮮明的真活（新抽的芽，破繭的蝶）。那和死亡之間全天候的頡頏，以致生死相融相即，渾然一體，不死不生，泯然不分所萌發的真活——世界沒有保鮮期，永遠如初臨的嬰。

我們很難抵達，卻是少數人的追求。

真正的原因，是未經長久鍛煉的心，總在情緒、欲望當中兜轉，而這些原本只是入道的階梯，我們卻上上下下，注意腳下樂此不疲，以致忘記階梯建在廣大的山川和天地，星辰和宇宙是我們的鄰居。

偶爾喝個咖啡，聽聽音樂，親近藝術，才感知它的存在。有時消磨在和朋友情人的歡樂裡，那還是階梯上的事，而和天地的廣闊關聯依然太淺（參下〈技與道〉）。這像是生命的連線，我們進入的網站沒幾個，錯以為是全部。

當一個人注視芸芸虛空，不管是城市的車水馬龍或田園自然，而不對人類產生甚麼狗屎的自高一等，讚嘆自然的難得或罕有，只是單純可以感受虛空自有寧定淵沉，無關悲喜的廣大自在。

他在日常生活裡，感知空間無時無刻，其實是深沉溫暖愛的擁抱。

他是宇宙之花所環擁的，中心那株壯麗的，蕊。

那麼他的心——大概是入道的真活之心罷。

深深在歷史刻下不滅之名的，我相信，不少人曾如此活過。

這種體驗無關宗教——宗教，只是生命二手的記載——它才是我們的生命，我們本來的面目。

（3）技與道

這些武功設計，環繞的核心是：技與道的關係。

世界是道的呈現。

但關鍵是技，技才能抵達道，它是階梯。道的內涵各家容或有異，但共性大致是天人合一，宇宙一體。

最簡單的技，或許是呼吸、意念、心神的鍛練，而不旁借具體之物。但一般人難以進入，需要藉助各類藝術、技藝、知識，從中歸納方法、觀念等等，來接觸、逼近道。

技通常涉及兩個層面，首先是身體：有動作、姿勢的要求。其次心靈：專注、留意呼吸和意念之類。有時，它被整合成身體和心靈的規範，稱為儀式。

總之，不管靜態的花道、茶道、琴棋書畫；動態的武術、舞蹈，合一是永恆的追求。

技也可以是從各類工作、職業當中累積的任何技能、知識、觀念，包括從商做生意、耕田種地、打鐵修車，甚至房中術等等。其方式不拘，無高低之別，它們只是入道的憑藉。各人依其秉性、興趣、機緣等等，可有無量的法門和道相通。

可是技要如何入道呢？

不管所學原本設定為道技合一的技術（如宗教訓練），或否（如經商、黑手），技倘無法用在轉化、淨化情緒和欲望，升華性靈，大量消解我與本然的天性（或云：廣大自由的自己）、我與他人、我與自然的阻隔，以便和更大的甚麼東西（生命、萬物、宇宙）有靈犀之一觸，乃至進而涵泳，悠游。那麼，不管技能如何高超、尊貴，或技的原始設定本與道連接……我們仍在技徘徊，而不在道之內。

所以，一直停留在專精，而未將技藝與廣大的人生、宇宙連結，產生一連串化學反應的，叫匠。而道是人縮小自己，深入技藝之中淬鍊；之後，自然地逐漸擴散、闊大自己，以致與世界渾融，無不自得的境界。

技既通於道，道便是無所不在的。

當然，即便入道也有深淺可論，不贅。

武俠的技多指武功，故須於此設定身體鍛煉層面的技術，也有更高遠的道，以一輩子去呈顯。至於不同武功，如何逼近相似的道，則須發揮巧思，運用想像，從相似點，從武功特色（兵器特質、外在和內在練法）去連結道。因為既然所有的技皆可入道，想像的範圍大增，即可分層級細寫入道之途，等於同時區分入道的深淺。

而描寫則盡量突顯想像，趣味，轉折，甚至美感等等。

我的做法不外如此，在道技兩端發揮聯想為關鍵。

（4）現代和古典連線

自寫武俠之初，喜歡看古人和現代人相同的一面。

那讓我感覺有趣，而且和古人相親。

譬如現代流行刺青，它在古代可能比現代的華人地區流行，刺龍刺鳳刺滿全身不稀奇，唐代有刺亭台樓閣，刺山水花卉，甚至自頸以下刺滿白居易詩三十幾首，再配上畫圖。我們喜歡打球，而宋代足球之風行，可能超乎想像，小孩子在街邊踢球，城市常見。

同樣，喜歡看現代人和古人有相似之處，不少靈感來自台灣的報紙。

我寫旁門，是因為這些不方便的人士展現不屈不撓，甚至助人為樂，那麼在武俠世界當然可以有這樣的門派。

而少年不壞實是亞斯伯格症的小孩，故專注力驚人，能人所不能。至於聯覺能力不是現在才有，只是目前科學才正視它。這些部分，其實跟日常喜歡閱讀、瞭解人體的神祕能量有關。

古代有不少奇人，以前斥為迷信傳說，但當科學深入研究，那或許是真的，只因當時不知其所以然而已，這些也是古今相同的。

所以，連帶的喜歡把現代語詞、概念、時事，偷渡至古代。

現代和古典的連結，有點像小說裡頭隱喻、象徵的設計，從相似點聯想綰合。關鍵是今和古的語義和典故要能配合，有時或許勉強，但盡量做到渾然相融。譬如「酷」，現代意義不能直接引用，必須查找合古的意義轉化，才不生硬。其餘香奈何、天涯孤狗、老鼠愛大米等語詞大致相仿。

人物、武功、門派、兵器、信物、藥物、建築等名稱，皆是發想的對象，讓我充滿樂趣。而一旦可在這些小地方暗度陳倉，便會產生類似駭入古代網路莫名的小興奮。

而現代讀者則感覺一點點有趣，好玩。

我的初衷很微小，僅是如此而已。

沈默第四問：

在《找死拳法》裡，你對殘暴江湖的描寫，讓我不由得想起殺戮不斷的柳殘陽，是不是請你談談對這個武俠人熟悉與否？若無，也想請教，對你來說擁有重要（或者最重要）影響力的武俠人（群像）與武俠小說（風景）？

滄海未知生答：

柳殘陽作品來台前看過，當時並未特別喜歡。

完全釋放暴力和情色，大約是《找》系列第四部的事，《找》只是露點端倪。不過，暴力不是我的核心，而是試探人性的底限，它映襯我要樹立的價值。

它是我觀察、省思死亡的副產品，不是從武俠獲致。

從整體上最影響我的武俠小說家是金庸和王度廬二先生。

（1）金庸

金庸先生的成就今人詳論多矣，我只提兩點。

首先，是他把歷史、思想、藝術（琴棋書畫、詩詞歌賦）、技藝（醫術、數學、園藝、圍棋、廚藝等），加上武功冶於一爐的能耐。而且高明在它們有機地和人物、情節連結；譬如胡青牛的醫術、段譽和茶花、黃蓉之於廚藝等。他在地理方面亦多所開拓，把武俠寫到接近北極（《倚》）、寫蘇俄（《鹿》）、寫老外的火炮（《碧》）；其豐富程度，不管同輩或後起之武俠作家，無人出其右。

我以為他最大的貢獻之一，便是upgrade武俠的界域，成為容量更大的文體，某種類似百科全書派的書寫，轉化知識為趣味。

其次，其文字所調製的情節、人物等百看不厭，流連忘返。即使兩天前看過，隨便重翻某段，興致不減。不一定是嚴格意義的重看，但至少可以再追好幾章。自小四開始讀武俠，說真的很少作者有此魅力。而且他的人物誇張點說，即便是小咖也不凸槌，他們言談舉止在轉折之間沒有生硬的痕跡，彷彿是長在那個時代、如此說話、如此作為似的（只前陣子偶閱新版《天》，寫段譽結局的省思等略顯生硬）。

以致於十七歲時，感覺在洛陽受辱的令狐沖，是真正活過的人。

無所不包，而始終可以情節帶領讀者深入其境，以致藝術、思想、技藝等等在緊湊當中層迭出現，非但不生厭，反增添想像，展現義理深度，開闊視域。

後期作家即便整體小說數量比他多，某作品部頭比他大，然就我所知，目前無人在總的質地——不是藝術評價（我不想涉及）——單純是知識、技藝等層面多寡，並和情節渾然天成，深化藝術境界上超過他。易言之，可能有作者寫更多的歷史場景，武功設想更新奇，但深度、廣度不足比肩。

就此而言，他之後的武俠小說家，打個比方，如《易筋經》的偽序達摩所說：某徒得其皮，某徒得其肉，某徒得其骨；而我以為尚無人得其髓也。

（2）王度廬

我對王度廬的小說沒像金庸，甚至比不上古龍來得熟。

但生平第一次購買武俠（我沒錢，拜託小弟用他的錢買，哈哈），卻是他的《鶴驚崑崙》（我在大馬僅見的他的著作），以前看武俠都用租的。那年我十八歲。

他的武俠讓我處處覺得新奇。

新奇所在是：他的故事彷彿就在鄰家、就在隔壁發生。

說實話，我著迷他小說人物的生活。

通常武俠主角是沒有生活的，他起初是練功的宅男，後來闖江湖遭遇恩怨，執行肅清任務，成為武林焦點，和正妹大談戀受，或進行古老的——復仇之類。

他遇到的每一人物，臉上刻畫縱橫交錯的江湖關係；他喝杯酒，裡頭浮漾陰謀的煙霧，愛情的反光；他座下的千里馬捲揚翻滾的，是恩怨情仇的塵埃。

然王氏不止細緻建構生活細節，而且有時主角的思緒、他所遭遇，不一定和陰謀、江湖大勢、正義邪惡有關，只是生活來磨練主角，如此而已。

當然，從情節的角度，他的節奏變慢了。

這卻是影響我的關鍵，以致在創作時，不那麼喜歡金庸先生或大部分作者，主角靜下來的時間總是三行結束。趕路的經歷，無關大局，所以「不一日到塞外」，接著又要忙著在江湖幹大事。

也就是說，我不喜歡自己的小說，完全情節導向，緊湊之至。

所以，另一個影響之處，是整體上他如水的抒情（節奏趨緩的另一因）。讀過彷似未讀過，春水了無痕的文字。在那些情節的波瀾之後，有極抒情的身影，坐在春風裡或夕暉下，給你說溫柔的、暖洋洋的故事，如風過清涼，如陽光融化。所以即使看過了，稍一翻閱，不經意地，又像坐上春水船，自然往青溪滑行了。

而且因為抒情如水，故事遂如兩岸霧裡的風景，我很快忘記，重閱彷若初逢的欣喜，讓我著迷，百看不厭。

在此他和金庸先生的魅力是相似的。

當然，古龍和溫瑞安在寫景和武打上呈顯的詩意，我亦喜歡。

它連上早歲以詩開端的創作經驗。

而最後，是詩給我最深沉的影響，我希望它始終是我作品的星光，永遠的殿堂。

沈默第五問：

正寫和逆寫的概念恐怕也是武俠的創舉之一，在書籍裝禎上也採取對翻（少年不壞是正的一半，孟麟嘉便是反的另一半）的形式製作，這原來本是你的構思？另外，雖然小說自言採取正逆的說法，但實際上我更傾向說是正傳與前傳的兩部曲組合，我稱之為雙重奏小說。以讀法來說，也有兩種，可以先讀少年不壞的正傳，再讀其前傳（主角是孟麟嘉），或者反過來。這種等於把兩部小說併合在同一部的作法，很是別開生面。而少年不壞這個名字與你一化為二的小說裡頭的正邪辯證分外很能彼此呼應、對位。好人與壞人，其實都是各自有自己的立場。對被滅族的無敵城來說，復仇是必要的，那些被陷阱與火藥殘殺的江湖人則都是壞人了；但對那群江湖人來說，天火連環與霧煞（以及躲在其後的無敵城遺族）則毫無疑問是萬惡的。於是，少年不壞，不會變壞的少年（也隱喻了其後他練成找死拳法後當真金剛不壞了的風景），不壞也就是好了。因此，請你就好與壞、善與惡這些二元性議題說說你的根本核心（或雙重性）之所在與發生的源頭。

滄海未知生答：

（1）形式

在早期的武俠札記中，我保留一個席位，是關於形式的自覺。

記得二〇〇七年和黃錦樹對談，曾說會留意一些實驗性的形式（通常是國外作者，最近如《雲圖》）。也曾想過形式上猶如「散裝」的武俠，讀者自由組合，依任何順序，皆構成相互指涉的故事。

或許純文學領域不新鮮或無意為之，但在武俠總有不同。

順逆的寫法，是二〇〇三年在台北看到大陸翻譯的法國小說這樣寫。當時即想到一故事雛型，寫某人想死卻活，另一人想活卻死，時代設在十九世紀，甚至與大馬華人移民有關。

當然，後來完成的作品與原先不同。

當初構思《找》便是想到正反、陰陽的這種趣味。

而不管是正反、順逆是前傳或後傳關係，形式可讓有心人看到內容的「對照」，多多少少的相互「滲透」。倘分開刊印如《射雕》和《神雕》，對比和滲透即便未消失，肯定減弱。而你所說的前後傳，當初設想是現在和過去、因與果的對比。你看，這樣說的意味就不同了。

這情況和你的《天敵》或有點相似。

局外人不知你是順寫或逆寫，但當你逆向安排，再以主要人物獨孤一聲穿插，便成螺旋敘事。不止形式新奇，且書籍編排的物理阻隔，同時和行進的內文若合符契，提升閱讀的感受：似乎內容以外的形式，無形中增添新的意義、隱含象徵意味，滲入正文。

如果由一至七部按時間先後，這其中它缺少甚麼；而依螺旋安排，它增加甚麼。當即理解，形式可以豐富小說的意涵，可以成為或有助表達正文欲揭櫫的隱喻（成果好壞且不論）。

而《易經》正是形式和內容的象徵相互激盪，最古老的典籍。

《找》沒那麼複雜，唯當初設想即是這種陰陽的摩蕩，最終則有調和意味。我說「和」是實有所指，在結局有對應的表達。

傳統文化所謂「禮樂」，禮的作用是「別異」，區分尊卑、上下等級。而樂是「合同」，當音樂迴蕩，君臣、父子的差異即不存在，彼此共享弦管的交響與和鳴。

所以在小說的中間，故事的結尾，渾然鏘鳴的是音樂。

誠如你所言，藉此傳達一些陰陽、正反的雙重義蘊。

（2）陰陽源起

一般說來，二元在西洋哲學的涵義是彼此永恆對立，無法交流。而陰陽則保留相互轉化、交叉影響的空間。

傳統文化指涉兩兩對立、相互轉化的價值或特質，往往以陰陽稱之，可以無限列舉，如下：

陽：天。日。男。君。夫。上。善。貴。動……。

陰：地。月。女。臣。妻。下。惡。賤。靜……。
如果用現代常見的對立，則如下：
陽：樂。富。健康。輕鬆。幸福。前途無量。自由。美。苗條……。
陰：苦。窮。生病。壓力。悲慘。前途無亮。束縛。醜。肥胖……。
年少時候，喜歡是非分明。我當然有過這樣的觀念，那樣的年代。
而始終單純、天真的人，或許一輩子是黑白的信徒。畢竟，純愛、純的□□，感染力最強，最激勵人心，最令人嚮往。
當你問我源頭，我稍稍回憶：畢竟屆至二十六歲，我大致還是純一的信徒，而且純度相當高。
可是在這之前四年，來台唸大學，面對生活、學業、情感的壓迫，常常陷入極端負面的思維，我已非常厭惡被眾多情緒、壓力折騰，用了一些修練法門，頻頻做消解的練習；並因而在閱讀方面喜歡莊子，愛上禪宗，發誓要擺脫困擾。
在這樣鍛煉、閱讀和承受摧戕的三方過程，逐漸明白執著不變之物，追求純度，並非苦惱的來源，真正原因是無法克服隨之而來的情緒、欲望和壓力。那些負面之物，宛如晴日隱藏風雨，落葉滋生蛇鼠。可是一旦可藉練習徐徐紓解，那麼，即便是某些我追求純度的地方，煩惱相對減少了。

所以，如何在愛當中不擁有，在捨之際無遺憾；悠游於得失、寵辱等各種陰陽對反的情境（這本是人生的實況），自此成為永遠的練習。

（3）對立的核心

而往後接觸儒釋道稍深，發現三者皆有與「中」相關的哲學。儒釋兩家明確提到「中庸」、「中道」。道家雖無直接對應的詞，但具備相似觀念，我以為即是「自然」。當然，兩家環繞「中」所發展的哲學命題不同，欲達臻的境界型態有別。不過，仍有一些形式共性，主要有二，一是「中」表示不執著兩端，因時而立。二即中庸、中道既是理論，同時是實踐的工夫論，修練的終極境界。

而「中」之所以被強調，顯然是古往今來，老舊的人間即充滿各種大大小小的對立。先哲碰到這些問題，乃提出理論和實證的解決方案。

至於「中」之所以成為關鍵，我以為跟「抉擇」有關。

人生充滿各種抉擇。小的不會成為煩惱，大的才是苦之來源，有些狀況不是你主動選擇，是時代、局勢逼你選邊站。

而抉擇通常是：選甲，即不能得乙，極少是兼得的。即使「有時」在「某些地方」兼得，多數情況則否。那麼，能否不選擇？很難避免。畢竟我要坐水上船，即不能同時在天上飛，分身乏術。

然則，重要抉擇成為痛苦之因，以及它和「中」的關聯為何？

且從你所提是非、善惡分明這點來開展。

1、儒家

通常所謂黑白分明，就是抉擇是或抉擇非。然常人於是非之外，習於附帶過多好惡，強烈者甚至敵視、憎恨乃至仇恨。它們造成痛苦。

而儒家雖提倡「善善惡惡」，惡惡不等於推至極端，以致成為仇恨。倘負面之物覆蓋、掩沒人性廣闊的一面，養成自以為的正義，允許禮教吃人而毫無同理心，君子所不為。

所以，君子固然要十惡不赦之徒伏誅，百姓額手稱慶之餘，其態度毋寧是哀矜而勿喜。用現代的話說，是高興一晚就好。因為上天有「好生」——生生不息的「生」——之德。其作用以生為主，不是殺。

君子盡心知性以求合同天道，如何以奪取他人性命為樂？他不對喪亡採取痛恨或大肆慶祝的態度，因為他尊重任何消失的生命，否則那叫麻木，麻木即不合於「仁」。

君子可以嫉惡，卻同時保有同理心，對惡人則思父母未教、不善擇友，以致如此等等，態度彈性，遂有一種哀憫。

以上為「惡惡」，至於所謂「分明」，且舉最簡單的例子：人多討厭雨天，此即阻隔他看到雨天的美與獨特。當他沒有厭惡等情緒，極端的情境鬆動了，他才能安然面對雨天，乃至欣賞雨天。

然並不表示，他無法分別晴雨（分明）。

同樣的，即使面對世間眾多對立，君子盡量消解負面情緒，使情感的發用皆中節。他的心遂具備彈性（那些寬容、諒解、悲憫、同理心將自然呈顯），甚至由此願意給惡人改過遷善，卻不能說他是非不分明。

而正因無偏激之情，反可以看透時空、俗世所以為的是非好壞的限制：兩端之間，並非堅固不移，而正是可以擴充的心量。所以針對某特定「是非」案例，所做出的「抉擇」，才呈顯為不偏兩端，無有戾氣及痛苦的「中」的氣象，令人悅服。

如此，他既保有是非的態度，個人的價值，同時擴充心量，看到愈發開闊人性的大海，日月的光輝。以致於內在深沉的正氣，充塞天地。

當某人願意這樣修持，表示整體上，他抉擇並愛上廣闊自由的天性。

儒家最入世，而對待是非善惡尚且積極因時以處中。因此，孔子並非食古不化，他斷絕「意、必、固、我」（《論語・子罕》），強調「君子之於天下也，無適也，無莫也，義之與比。」（《論語・里仁》）即做事無可無不可，因時調整，卻不離仁義這個核心價值。

以故中庸是君子修練的最高境界。孔子常慨嘆「中庸之為德也，其至矣乎！民鮮久矣。」（《論語・雍也》）。他畢生追求，年七十方「從心所欲，不踰矩」（《論語・為政》），正是「君子而時中」——保有君子之德，並隨時處中的境界。

孟子稱讚孔子「聖之時者」（《孟子・萬章》），其故在此。

2、**佛教**

同樣的，佛教強調不落兩邊，不離兩邊；所謂不偏不倚，恆處中道。修練既不放逸亦非苦行，因中道最易積累功力。正如琴弦不鬆不緊，才能彈出好音。

佛教知道世人有各種對立之想，而它的根本立場是出世的，又和世間形成對反。故佛教名相，是一系列出世和入世的兩端，藉此表達其教義。例如：

世間：出世間、菩薩：凡夫、有：空、染：淨、有漏：無漏、煩惱：菩提、迷：悟、執著：解脫……。

這些成對的名相，可以總括為真諦（出世間法）和俗諦（世間法）。真諦是佛教所以為的真理，實證境界之所在，是清淨解脫的真空妙有。俗諦即凡人所執著者，乃苦之根源。

然修練者苟全心全意厭離人世，那也是執著。所以，他必須放寬看待此岸和彼岸的分野，直接在人世看到出世，即有而證空。換言之，他無法離開人世而修練出世間法，他無法離開此岸而抵達彼岸。

奇怪了，前面不是說真諦乃真理、實證之所在嗎？實情並非如此。大乘佛教立真諦和俗諦，只是傳道的方便，由對立先讓他們明白佛教出世的教義和世間道理的區別，相信佛教之道在彼岸。等他們境界到了，則云：老實說，真理也不在彼岸；因為真理不（能）在任何一邊。

換言之，執著任一端，皆非真理的住所。

真理不在你肯定的地方（真諦），不在你否定的地方（俗諦），而在中道之處。那中道究在何處？

那是修練者須時時刻刻，苦苦尋索，以生命去實際證得的。如此，一旦桶底脫落，自性即大放光明，徹底解脫，證得果位。

至於如何達到，「覺性」乃其祕鑰。

以下且嘗試捨棄名相，設喻說明，以收簡淨易曉之效。

覺性初始，是對表面意識的念頭，保有察覺力。

這些念頭包括負面的——我們慣稱為感覺、情緒、壓力、欲望；在此統一稱念頭——還有各類善的、不善不惡的念頭。

修鍊日深，覺性可以進入常人難以察覺的潛意識，它是念頭的根。

當覺性之光可以徹照意識的黑海，拔除妄念、惡念之根，便達到一般所云「六根清淨」，執著無法生起（因情緒欲望壓力等而生的痛苦即消失）。若依一般唯識講法，即第八識阿賴耶識清淨如初；依普通心理學，則潛意識完全顯露並獲徹底清理。

自性清淨，庶幾佛菩薩境界矣。

而凡人則是今天壓力消除，過兩天生起，其他情緒亦反覆無常。簡言之，任何重複都是小型的輪迴，我們很難從根上斷滅。

然則，所謂覺性的內涵是甚麼？

覺性最簡之例如：你生氣時，知道自己生氣，猶如溺水者知道在水裡。但我們生氣大多不知自己「正在」生氣，過後才省覺。恰似上岸後，溺水者方清楚剛才落水。

一旦習於察覺處於那種情緒，或情緒未來已知它要起，覺性逐漸萌芽。

這種覺性乍看很淺，卻是修練的關鍵開端。

而事實上是甚麼構成那條河呢？

那些載浮載沉推擠成線每天幾萬個念頭，本身便形成這條意識之河。

覺性初始是孤單的救生員，救不起幾個人。日漸變強後，念頭剛準備跳河，覺性馬上勸他成為救生員。於是救生員不斷複製，慢慢救起者越多，即使有的來不及撈上，它也漸漸知道誰掉入，誰浮起。

倘不管行住坐臥，覺性從不放假。日久，隨波逐流的念頭乃逐漸減少。

然而，覺性並非把念頭變沒了（當然會減少），而主要是將因執著而要跳河並陷溺的煩惱轉化了，以是溺水掙扎昏迷不適者，變成在岸上行動自如，警醒自在的救生員，我們的痛苦便減少了。

除此，覺性對中性、正念保有相同的覺察力。

所以修練者一樣和常人有念想，卻沒甚麼煩惱，因為念頭大多變成正向積極而良善的了。這好比念頭原是如山似海縈繞腐腥的蒼蠅，而今是千千萬萬的蜂，不沾染垢，並釀造醇蜜。我們開始品嚐活，喜悅的甜味。

然而這樣還不夠，尚須中道來提煉。

修練者的覺性慢慢地，由此看透：執著負念固然不對，執著正念亦有問題。總之，不管正念負念，皆無自性，是生生滅滅，隨起隨滅的。而唯有完全覺察所有表面意識和潛意識的念頭，且完全不執著正負（六祖惠能叫「於念而無念」）。彼時才發現，哦，原來是有那麼一顆心，是絕對自由的，而且澄定廣大如天，念頭千億則來去如雲。

它是一種不生不滅，非有非無，不偏一邊的明覺。是那個在觀看無量念頭，而不涉入的、醒覺的意識。它在千千萬萬生滅的念頭維持無執，自雜沓往來的念頭陣仗空隙冒出，初始只是一點，慢慢佔有體積，成為成百上千，乃至百萬立方的寂靜，和光。

完全融入整個世界。

那是我們本初的覺性，無限的——心。

自證悟生滅無常，叫空性。說心不偏一邊，叫中道。從此心本有，叫自性。依心不染著，叫清淨。形容心常在，叫真常。由其光芒徹照，叫明心（見性）。

由念入手並找到這顆心，是佛教主要的修練方式之一。

此外，證悟而不執著，並非不分是非（沒有理性），感官麻木（沒有感性）。

對是非、善惡、美醜等世俗理性，他可以運用彼等來談說、論析和教誨，同時徹底明白它們不過說法的方便，一樣是無常之物。

在感性方面，你拿石頭敲他一樣會痛，卻不引發情緒（甚至定力自然緩解痛楚）。而且，其他五感的功能不止具在，甚至遠比常人敏銳，廣大。例如品嘗咖啡，他感受香醇苦酸之時，覺性不失。美味在感官的界域浮現，他感受並同時穿透它——了覺空性。

空性即連結廣大，故其所體，有境界的深度和時空的廣度，獲得味外之味。

且在品味之際、品味結束，不執著不遐想不求重新獲得。

他能即享受而放下，緣故在感受和覺性是同時並起、無法分離的，就像有火便有熱一般。用我們可以稍微體會的類比是：我們在喝這輩子最後一杯咖啡的，那種感覺。既感受平日未曾有的極度之味（敏銳），卻同時坦然接受此乃不能復得的一杯（空性）。

那時我們的體味極具穿透力，味蕾鮮活開放而連接上無遠弗屆。

他卻在平時保有這種狀態。

總之，他的五感、心識皆如此，所以世界愈發新鮮奇瑰，而非愈老舊陳腐。所謂平凡的每天可以成為日日好日，常見的清風明月如無量的寶藏，便是這樣來的。可說他常處於生生不息，日新又新的世界，以致無聊、苦悶、空虛等等，是早已滅絕而無須拯救之物。

他的心，清澈照映宇宙，恆處絕對自在的狀態。

這像常人旅行至絕美之景，藝術家某些時刻的高峰體驗——美麗、廣闊而深邃。但通常我們和廣大絕美瞬間連結，乃一生僅有或屈指可數，難以重複。

修練者卻要把高峰體驗變成日常狀態，可以重新或正在體驗它，甚至不借外境，心的自然狀態便是這個，穩定保持它，再現它，深化它，開闊它。

所謂的「當下」，他的心不限於眼前小情境，而是像重症上癮的網路使用者，隨時掛在宇宙之網上，自然感應十方訊息。

他的當下，是無有限制、四通八達的當下。

高階修練者的意識，遂如旅遊廣告上地球罕見的清明海域，高海拔的湖。而我們大多是水溝、池塘、污染的河川。

以是，我們多是不自由者，宛如玻璃箱的魚，輕輕搖動，世界瀕臨顛覆。而自由人的世界是虛空無限，風暴不過是——展現絕頂衝浪技巧的遊戲。

3、道家

道家沒有中道、中庸的詞，可是老子明確表示人必須以損之又損的方式，除去心知和欲望所強固看待的對反（美醜、善惡、智愚、寵辱、仁不仁），不陷於任何緊張的對立：腦海沒有相對觀念，身心以故不受相對狀態折磨。既不為所苦、所限，自己原來虛靜的心便突顯了，而往大道回歸。

這叫得道，道內在於人。而道還有個常見之名，叫自然，即回到生命先天的、自然而然的本然。同時叫歸根復命，復歸於嬰孩。換言之，即是返回有知覺有情感有慈愛，卻欲望極低，心智泯然無有（它是助長欲望的元凶）的狀態，宛如赤子，像個傻瓜似的。

當心可以逐漸脫離兩端的催迫，智慧即從這一點一滴的彈性裡頭，積沙成塔，巍然形成。我們慢慢明白自己和道親近的關係，同時等於瞭解自己，因為萬物皆從道而來。

老子說，瞭解自己是明，「自知者明」。這裡的「知」，中性的說是知心性廣大（如不從仁義、佛性、自然等內涵細分，就廣大自由這點，三家無不同）。他又說「知人者智」。自知便能知人，乃一體兩面，合起來便是智慧。

所以，智慧即是愈發瞭解自身的德和充塞天地的道同質，是無限的本體，而不是在情緒欲望打轉的陀螺。

莊子則在不同語境，用許多不同語詞稱呼、指涉這相同、相似的自然境界，叫逍遙、無己；叫心齋、坐忘；叫齊物、喪我；叫「天地與我並生，萬物與我合一」。

他的說法和佛教類似，要能剷除表面和深層意識、所有理性和感性之執，才能獲致心齋、坐忘的逍遙境界。其理論能否跳出三界輪迴且不論，至少境界亦非常人可及。

所以莊子既有俗世之名望，卻不受牽制。人間世艱難危亂，他卻「獨與天地精神往來，而不敖睨於萬物」。精神超拔俗世，卻不對現實自鳴清高；活在是非裡，卻不受纏縛。眼界如大鵬，隨時在九天之上遨游；肉身卻似烏龜，拖著尾巴在快樂的泥濘打滾。

乍看佛教和老莊相近，而儒家和釋道相距較遠。它固然足以讓彼等因而分成三家，但我們更要看到共通點。

總之，傳統上不管那一家那一派學說，幾乎可見其所標立的兩端皆不僵固，而受「時」（「時」是主觀修養和客觀條件的總稱）的調節。因此它們或許述善道惡、講好說壞，卻同時強調轉化、變化，靈活應用兩端，來開拓寬廣的世界，以求符合天地、自然，乃至佛境界。

不止如此，幾乎任何偉大的思想家，其道理絕非教條，而是後人智慧不及，才窄化它、僵化它，結果不止漸與「時」脫節，同時慢慢失卻人性的溫度，天生的靈明，以致於現代人對先賢無感。

關於對立，我的體會大約以「觀念的活繩」概括。

繩子要綁東西，它可以打死結或者，活結。

對任何抽象的觀點（理性），對任何世間萬象（感性），我希望都打寬鬆的活結；一旦修養增進，或客觀情況變化，隨時解開，重新省視。因為，真理也是無常的一部分。世上最具真理性格的東西，大多只有規範意味，要順應調整，而非嚴格的教條。以前認為是真理者，而今或許只是常識，譬如太陽中心論。即使愛、慈悲、無常，或「世上唯一不變的便是變化」這類道理——如何表達、運用，也因時、因地、因人、因物而有或大、或小、或偏、或正的差別。

既然身為活人，便不希望看死某物，因為，那等於看死自己某一部分。

——可以拓展廣大自由之可能的，那個部分。

沈默第六問：

火藥和江湖的關係也很微妙，一句「江湖是真刀真槍的江湖，什麼時候是火藥的江湖？」精確地道盡了武俠之中江湖與江湖人的本質，係必須經過長久的身體磨練與技藝訓練而成，尤其是六龍高家的幸福心法更是充滿「人的計算」能力的武技，但火藥一來，這些肉身的鍛鍊就成了灰成了空，一點價值也沒有了：「咱們練武之人，耗去多少寒暑，用盡無數心血，苦練肉身，粹礪意志，方使普普通通一招一式現出功力，呈露精神，這才是武藝；豈能一撮火花，盡毀一旦？」這顯然是武俠衰弱，或者我應該說是「東方價值衰弱」的倒推式預言。你對無敵城遺族（藏匿於西疆）以火藥造成江湖人屈辱、擊倒的處理，似乎包含了當代西方大型毀滅兵武反自然的、而壓倒性地征服東方（或中國）裡武俠以肉身成道、天人合一的現象之思索，讓我讀著有著一種異常絕望的體味，是以想請你講講這方面你的看法。為何要特別在一部武俠小說裡暴露武俠之無能（相較於西方科技），且如此一來，武俠又將何去何從？武俠的存在意義對你來說，又是什麼呢？

滄海未知生答：

我們沒忘：中國人發明火藥。

火藥寫入《找》，當初是偶然。

它是我思惟書中的死亡、仇恨之時，突然和國際現況碰撞而冒出的一星火花。

彼時有死亡和仇恨的主題，卻一直缺乏綰合的支點。甚麼樣的點，和一個無敵且強調慈悲的家族最極端地對立？苦思而未果。

後來國際現況的引信點燃的炸藥，立時可結合死亡、仇恨到我以為最猛烈的地步。

——而且，我同時想到：世上的火藥源自中國。

查閱資料，發現宋代開始火藥逐漸用到戰場，往後它的使用量，程度超乎想像。如此一來，在宋代寫火藥的故事，乃真切反映當時人類自相殘殺的現狀。何況，武俠固然有寫到火藥（如《碧血劍》）的，畢竟不曾威脅武林。那麼，它有新意。

而且要用它來對付類似超人的高手，仍有限度，不會讓整部小說灰飛煙滅，以致高手無用武之地。在原子彈發明之前，大約很少武器一旦爆炸，可稱之為高手的終極武器。即使現在到處核彈，電影的凡人英雄還是忙著拯救地球。那麼，古代火藥並不會毀掉江湖，滅盡英雄。

因此，寫火藥不過是「有人這樣寫武俠」，讓高手在符合當時的武器水平，不是從外星蹦出來的奇兵（遠比不上麥仁杰先生《狎客行》高手和外星怪物對打，讓我激賞的超現實），去面對敵人因仇恨而不擇手段，可以使用的最強大之物。他們得接受這個挑戰。

那時的想法很單純。

因此，武俠應該不會滅絕，江湖還在，高手依然生猛，快意恩仇。

而且慶幸的是大約除少數人外，其餘作者還不致對火藥有興趣，可以放心。

沈默第七問：

《找死拳法》是二〇〇七年出版的，時至今日，不知你是否還有武俠書寫的相關計畫？我總覺得《找死拳法》只是一個大的書寫計畫裡面的第一部，裡面還有許多可以發展且未有交代清楚的部分。若有，可否跟我們談談這方面的進度。

滄海未知生答：

《找》的出現是個意外，它原是札記上兩三行的概念。後來決定寫它，最早的《流行劍法》卻未完成，只好把它放在《流》前頭作為前傳。於是預定的四部曲，有了五部。

《流》時代在南北宋之交——比《找》晚近四十年——接著是元、明、清各一部。心中不成熟的概念是：寫出火藥的史詩（故須寫至清代），看它能提供我多少想像，多少觀點。因此，各部間隔較長，便不會交代細節，而是以類「武林史」的敘述，即以史傳方式替某門派、人物、兵器、武功、藥物等，補敘簡略、具想像餘韻的後續。

如此一來，相較其他作者，我的每一部可能多出不少的沒交代。

這可能是我無意間要保留的特色（至少目前所寫的《未來刀》亦然，詳下），就是人物的故事、處理的線索未結束、模糊，在那兒——懸宕，如蛛網隨風微晃，在閱讀上人物多少處於不安定的游移、踟躕、活動的情境。

我後來逐漸喜歡這樣的表達。

它不是甚麼開放式結尾，因有些人物往後怎樣，無關結局。他們只在裡頭表達某種模糊的延續，隱沒、消失在文字無以為繼的地方，留下遐想，某種生命本來如此的概況。

正如歷史的光碟容量有限，百分之八十的人是它無法收納的多數。所以，當我們從故紙堆發現不存於正史，某古人日常的斷簡殘篇，會有偶遇的欣然。正如我使用的筆名，多少傳達如此的內涵。

當然在《找》往後四部，或許可以抽出線頭，補敘、發展那些未完的懸念，成為象徵、隱喻，表達某種偶然所造成的歷史的必然，之類。

因為這樣的偶然，正是我目前創作的寫照。譬如《找》原初是極粗略的概念，卻是第一部作品。完成之後，續寫以前的《流》，卻在二〇〇八年八月，偶然受到某種感召，新寫一部《未來刀》。同樣，它在札記上，不過是把寄寓簡單意象的刀。

它以三國為背景，環繞赤壁之戰引發江湖陰謀和綿延的仇恨，牽連至廣大的西域，餘波蕩漾至古羅馬。

由於史料完全不熟（五年前初次看完《三國演義》），寫法非平鋪直敘，而是眾聲喧嘩，採用分鏡（之前未曾這般寫過），並刻意照應每一畫面的美感。加之主線是五個不同集團針對同一樁仇恨的追逐，在歷史事件當中糾纏各種算計，並要把複雜人事片段的卯，接上情節主軸的榫——這些因素讓我小心翼翼，束手縛腳，簡直處處碰壁，進展很慢。

原預定廿五萬字，近四年總算寫出三分二左右的初稿，約七十幾萬。

創作伊始，我不想寫多主角的武俠，最初的《流》乃至元明清三部曲皆設定單一主角，最多雙主角。誰料前兩部都是多角色，真是莫名其妙，只能說偶然在作祟。

如果時間允許，想把百萬長篇當成慢板，再寫一部比較直接、形式不同約十萬的快板，和它對照。

這部小說預留線索寫第二部，因裡頭的天敵組織看待仇恨，態度和江湖人幾乎相反，可以發揮有關仇恨的想法，展現社會習俗制約人性的趣味，所以第二部會從它寫起。

何時動筆，尚屬未知。

【注】上文所談《未來刀》居至二〇一九年六月已達一七〇萬字，尚未完成；唯書名確定為《三國傳真》。此外它並非《找死拳法》系列的作品，而是另起爐灶。

附錄&後記

附錄　搓不圓的缺

歸途中下著針絨似的濛濛細雨，使得四周景物都淒迷起來。寂寞的街燈罩住水霧，昏黯長街只有一兩個撐傘疾行的夜歸人。他沒打傘，緩緩一路行來，褪色的衫褲已微濕。窟窿處處的街道，積滿黃濁濁的雨水，雨腳滿路亂爬，泛起粼粼反光。腳下日本拖鞋的帶子方才不小心滑脫，因此他小心翼翼地走在道旁橫貫店面的走廊上。整排商店一律是英殖民地遺下的老式建築，燈光照處，牆漆灰敗，滿布蒼苔：店門早閉，裡頭隱約傳出笑鬧之聲。

他推開廉價酒吧的門出來後一個小時多，全花在人潮中；腦裡的東西像全被抽掉般，只剩一具軀殼無目的的動著。走入這條靜靜的街道時，周遭的悶氣陡然一清，酒意消散不少。冷風迎面吹來，他才恍恍惚惚地感到自己的存在。

前面橫巷口處，幾團白淒淒的光芒在雨霧中浮漾著。他知道那是三家買小吃檔子的燈光。他肚子的確餓了；藉著微弱的光線看看水鏽斑斑的錶——已是凌晨十二點二十二分。由一頓簡單的晚餐至今，無聊的時間已被打發掉五個鐘頭多了。

他走進橫巷口。臨時搭起的簡陋遮雨篷內擺著兩副木製桌椅。蒸騰的熱氣和水氣混成一片，裡頭的臉孔似乎也濕膩膩的模糊得很。原本賣豆漿和豆花的老王，正忙著為鄰近的一個婦女舀湯圓倒進她攜來的容器裡，顯然她家沒做，圖買現成的。他微微一怔，好陣子才省起今天大約是冬至。看來是適逢雨季，豆漿生意不佳，老王才在今天改賣湯圓。

他叫了碗湯圓，在黑布油篷內坐下，把全身重量都放在椅面和雙肘支著的桌上，心臟疲弱得近乎停止跳動。雖是極累，回去仍需在鐵架床上翻來覆去，才能入睡。他已習以為常，正如做建築的他習慣每逢雨季或經濟不景時頻臨的短暫失業。習慣在人潮中、在酒杯裡熬過殘酷的無聊，習慣手不離菸；譬如現在——他垂頭掙扎著伸手拼命往褲袋掏。

自皺扁的煙盒抽出最後一根菸，顫著手點燃了，狂吸著。空茫的眼透過煙霧，望定通往房東家的後門、污穢且黑暗的窄巷。耳際傳來鄰座那三個自攜啤酒、嚼著宵夜點心，顯然是趁著佳節聚首的中年人的笑聲。

冬至是一家團圓的好日子。他小時候曾聽母親如此說過。

初來大城市，冬至是他十六年來第一個單獨在外度過的節日。

那時他是在一間咖啡店當伙計。冬至前夕，他放工拖著一身疲憊回到住處。近十一點了還聽到房東五歲小兒子的叫嚷，不免奇怪：房東太太怎還沒哄他睡？進門遇到房東太太和幾個兒女圍著飯桌其樂融融地搓湯圓，小兒子笑嘻嘻的玩著粉團。恍然後一陣酸熱在完全沒有心理準備下湧向眼眶，這突如其來的濕潤令他失措地抬手欲拭，舉至半途才省起這會引起他們的憐憫，忙趁勢低頭轉擦胸前污漬。

偷眼看去，他們仍說笑著雙手不停的搓根本沒注意。以為能引起關懷卻沒招惹他們的注意後，他忽然尖銳的感到自己的孤伶，如果此刻有誰投來即使是不經心的一瞥，他也會好受些。他無端端的萌起被忽略之感——往常回來房東太太總會順口問些東西，現在竟看也不看他一眼，他賭氣似的懷著「我不稀罕」的疾憤，匆匆洗了腳，就往床上躺。

同房的不在，他猜想他可能回他老家過節去了，因為明天恰是星期日沒上工。他常嫌狹的房間，忽然有種令他空虛的寬闊，他倒寧願挨受偪促。腦子裡快速且雜亂晃過的全是遠在家鄉的人事……。

他是油瓶仔，母親是在某地餐廳演唱的過氣歌手。五歲那年，母親在男方親友的反對聲中，下嫁死了前妻後陷入苦悶的父親。父母在不被諒解中度過了十年平靜的日子，卻在半年前雙雙車禍過世。他的年齡和兩位同父異母且已娶妻生子的兄長差一大截，兩人又一直對她母子倆耿耿於懷。蒙受屈辱之下，在兄長家待了半年就忍不住離家出走，隻身闖進都市的繁華，不想再回去。

他明白自己內向的性格帶有不少善感的氣質，因此離鄉多月他都強迫自己盡量少回想，盡量設法讓肉體的疲累壓抑思維活動，即使是假日。

一陣敲門聲把他拉回來。一定是房東太太叫他吃部分剛煮熟的湯圓，他猶豫一會才大聲打斷，忍住要去開門的欲望；聽著房外的腳步聲遠去，一霎那他驀感一種不知要痛哭或失笑的悲哀。

房東一家待他很好，就因為好，他才怕情感不易關攔，而面對一家歡樂的情景落淚。年少的倔強使他下意識地抗拒帶著憐憫的關懷，卻又渴望。他知道剛剛那種以為自己在他們心目中多麼重要，卻發覺原來僅占極微位置的疾憤，只是自己的多心引起。就算真的是忽略，他憑什麼要求人家給予額外的溫暖？他不禁自憐起來。

而他畢竟是累了，睡意漸濃；房門外傳來的笑語飄飄忽忽地，彷彿很遙遠又似乎很近。迷迷糊糊的還以為回到家裡，和極寵自己的父母親連同小姪女，高高興興地用沾滿粉的雙手捏些人形啦、杯啦等的湯圓，那時家中節日氣氛濃郁——。

隔天早起，房中很靜，廚房不停傳來砧板和碗碟碰觸之聲。周遭的熱鬧隨晨光一起擴散。他悄悄開門外出。

那一天他去到另一座三十多哩處的陌生城市，逛了一天。拼命往熱鬧的地方鑽，身體不動時眼睛也專注地看著流動人潮；偶爾失神地墜入回憶，隨時戒備的意識立刻把他拉回來，並且拼命抗拒今天是冬至的念頭閃進腦際。

回到住處已是很夜了，接近凌晨一時，是他最晚回的一夜。他什麼也沒想，沉重如山的勞累令他入睡，夢鄉卻極不安寧，半夜裡被雨聲和寒冷弄醒，揉揉眼角濕濕的，原來夢中有淚。他拉起掉落地上的被單，起身準備關上睡前忘記關的窗。窗下是街道，回來時在伯公廟前看到的賣湯圓老伯，正騎著三輪車慢慢踩回去。他以為已睡去許久，看來還不到一小時。

雨鞭撻著車篷的噗噗聲響，清晰可聞。滂沱的雨夜，一家團圓的冬至，他在異鄉孤伶伶的憑窗，父母逝世的悲痛猶在。家中節日氣氛猶新，而美好的一切全在嘶啞的吶喊以外……。一陣猛烈的悲哀驟然隨砭骨的寒意刺來；狠狠地他就在窗口痛哭起來，肘支著窗沿，十指抓緊頭髮，他哭得辛苦地抽搐；所有的怨氣與空虛皆化為深深哀切的低喚：媽——；化為滿臉紛飛飄墜的淚。

世界墮入一片雨聲的黑夜，一個臉上淚和雨黏糊成一片的蒼白少年，強烈需要愛卻不知向誰祈求，面對窗外無垠且深沉的夜，如他的悲哀，哭泣。雨聲很大，夢鄉真暖，沒人知悉……。

十幾年來，他跑過許多城市，這是他第一次也是最後一次在外哭泣。而笑，笑對他也變得很陌生。

湯圓送來了，蒸騰的熱氣刺激得他眼睛一陣濕潤，他揉揉眼角吹了幾口，才啟匙。隔鄰又傳來一聲爆笑。

他獨據一桌木然的吃著，沒有想起什麼。

大馬《新明日報》沙洲副刊　一九八六・十二・二十一

【注】當年大馬並沒有專賣湯圓的生意，唯冬至某些小販特地製作出來賣一天。

後記　桃源・桃園

桃源

問今是何世，乃不知有漢，無論魏晉
——陶淵明〈桃花源記〉

大約是廿歲罷，寫了第一篇從未發表的虛構散文。

至於觸動之因，沒記錯是《讀者文摘》出版的攝影集，其中有中國的山川以及春天的油菜花。群山間峽澗秋水奔注，似溶溶月華；鬱蔥蔥，巨流河被遍野沿途的黃花，款款照亮；小舟一葉，寂然懸浮故國清澄如玉的江湖。

如此絕景，引繫眼珠，烙印心版。終於忍不住動念，為它書寫想像：我決定逃離桃花源，背向有光的入口；在春色盡處的河灣，戀戀佇立。

那兒往左：是夾岸數百步，中無雜樹，落英繽紛；往右，則千巖萬壑矗聳，其勢如傾，妖氣蒸騰。

文章一邊圖繪桃源內的寧馨，一邊敘寫世界外的險惡。

腳步若想停佇：則桃樹遍立青巒，漫栽田野，猶如緋紅的噴泉、顏彩的瀑流，隨風隨光，逍遙灌溉這座世外的祕境。一時油菜花黃，阡陌如詩鋪展；溪瀨和農歌齊唱，而湖山與歲月同光。

一心拔足外闖：則黑雲纏壓天空，萬峽昏暗如永夜，唯驚浪雷澇，洪波湧盪。毀舟楫，裂崖岸。魑魅魍魎，時時神出鬼沒；虎嘯狼嗥，苦苦一路追趕。

朝內，是恆常的：每日孩童以書聲朗朗，喚醒太陽；傍晚，村民的炊煙，招來峭壁上的月光。男子耕地，如編織大地的文章；女人紡織，似經緯縱橫的稻粱。

日子是瑩滑的絲緞，但隨四時變換繡滿歡樂與豐足的時光。

生似桃花，老如橄欖；而死亡不過古琴之音，悠悠升華無何由之鄉。

百千年來，這裡的光陰，便像村子裡纍纍的果樹，透散芬芳，滋味甜甘。

往外，是幻變的：小舟跌蕩於波峰浪谷，像繁奏的琵琶曲樂十面埋伏一枚、危急恆懸一線的音符。這，恰似世道的隱喻：人心總是寒暖無常，機械萬端；而兆民營營汲汲，口腹利祿；世間則干戈迭起，逐鹿之輩老是絡繹於途。

千百年來，外面的世界像一張隨時被災難揉皺，又反覆被暴力攤平的幻世圖。然而內和外、常與變、美及惡、去跟留的對比既強烈又鮮明，為何還要闖蕩前進呢？也許，因為我有了離愁的想像。

十九歲，我在讀兩年制的大學先修班。遠在美國的四哥囑我考托福、申請大學皆已通過；遂無心本地學業，心思多在寫詩和散文。後因故留美不成，四哥建議台灣，高飛軒舉大致底定。

當時有兩股能量，混雜胸次。

其一是居家頗感苦悶，像羽翼被困縛，躁鬱地想飛。彷彿命定的候鳥，必須啟程萬里。日後不無誇張地對友人說：即使到非洲也可以；只要讓我翱翔就行了。是的，台灣——它是我文學的長安——但說也奇怪，那單純欲離地奮飛的衝動，大大超越嚮往。

其次，相對離別另一能量卻是：我不斷藉散文重新認識鄉園，試圖再發現它予我的愛、美和溫暖。因此，書寫散文和創作新詩，思路迴別。新詩是蠱惑於撲朔迷離的美學，而散文則是皴染憶念故土的美感。

理應是這剛與柔的能量，往來鼓蕩，遂令攝影集觸動聯翩浮想。當然，那時並無法清楚辨析一己的心思。而最終這虛構之作，並無結局。日後忖度，它不過預示我未來人生某些陰陽對比的際遇。

多年以後在板橋，有位號稱具神通力的老比丘尼看到我，忽然說道：這個人一離家就忘記回去了……。

我們知道，辭別桃源者回不了；那麼，我真的遺忘來時路嗎？留學台灣，初心不過數年即歸，從未料及如陶淵明詩云：「誤落塵網中，一去三十年」……而我，是否真的人間失途呢？

路

尋向所志，遂迷，不復得路

——陶淵明〈桃花源記〉

「你知道這裡吧？它就是賣叻沙的家，現在新馬路穿過去了。」開車的六哥所指處並無房子，往日泥路更蹤影泯然，唯餘猖狂纏結的野草罷了，景物完全無法和我的記憶貼合。

這裡是我的故土——十三公司——隔壁的村子，叫六公司。

「公司」本地話乃「共有」之意；指的是這村子的土地，當初是多少戶人一同擁有。例如十三公司，即謂隸屬十三人名下。久之，即成為村名了。

去國經年，我美食的鄉愁首位，始終是檳城叻沙。泥路轉角這家從小吃到大，長期是我的第一名，滋味難忘。

但沒房子定位，沒泥路指引——這舊名六公司的村子，只像一般的椰樹林，漫鋪連綿強韌的亂草，刺人眼目。其餘地方零星兀立、敗壞的木板屋，顯示它似乎——曾經一度被生活，扎扎實實占領。陽光白茫茫照射，持續蒸發那些頑固沾黏的記憶；宛如一場船難後，泡沫似的殘物，依然飄蕩不去……。

那是一九九六年，離家八年後，發生在鄰村六公司的事。

以前我們村里和外界交通，須經六公司。

雖然，出村子有兩個方向，但往右那條兜太遠了，很少走。所以，從小學四五年級騎單車開始，到中學先修班，都是左拐，穿過六公司去學校、花園社區、市區，幾乎是十餘年來的習慣。

二〇〇二年回來，六公司成為井然櫛比的住宅。椰樹九成不見，唯少數，在遠方孤高款擺。而且數十公里方圓的村園，幾皆如此。

至於我出生住了十九年的老家，因故早於一九八七年拆了。同年，在相距百米之地再造木屋，稱作新家。二〇〇二年後沒人住，遂毀。之後返國皆住六哥處，也是花園社區。

從此可以說：我徹底在故里迷路，一直到現在。

關鍵即是村子一片片消失，不斷增生、翻新為社區。大馬的村里和市區間，有一個個所謂新型住宅區，皆以某某花園命名，例如麗山花園、棕櫚花園。有別於村居木屋，它是規整的水泥建築，本地話叫花厝。一層、兩層居多，三層較少，一排排連成一片，故又叫排厝。

每間皆有或大或小的庭院、綠草皮；可以停車、種花卉、植果樹，放個我們羨慕的鞦韆之類。小時候倒沒想住花厝，但通常只有在那兒才看得到象芒。當其熟成，形如圓球，比我們家土芒果大好幾倍。豐滿地滿樹垂吊，沒人採摘似的，往往引人嘴饞……。

以前，社區不過一二十，疏落分散。現今維基百科則云：超過一百七十個，且陸續增加。

三十年來我只返鄉九次，待個把月或兩三星期的，集中於一九九八年之前。千禧年以後四次，只住兩星期。相對發展遽變，返回次數太少，居留太短。剛記得某區如何，下次歸來月異日新；記憶猶如迷糊的跑者，老是被岔路拐走，趕不上。

我曉得的全是至今沒改換的舊道，那可能不到兩成。而進行繁殖的排屋，一如電腦資料覆蓋，堅決粗暴侵占我危墜陳年的回憶。

因此，故鄉完全像個超級迷宮。

從前的鄉下以泥路連結，房子即便新舊妍醜各別，也和周圍花樹果木、菜畦綠籬自然掩映，形成特色風景。一如兒童塗畫，乍看一貫地樸拙天真，細察則知出自不同的心靈。至於泥路，則好比揉皺紙團的紋理，從此到彼曲折兜繞，沒有一定的邏輯，卻總有自家的風光。而今紙張攤平，新路截彎取直，像棕櫚科植物的枝葉，大致對稱；而諸多社區是樂高拼圖，一塊塊勾連，格局類似，耳目遂窮於分辨。

有些社區，依印象本該拐彎抹角，現下四通八達，轉眼即到。家人、朋友開車，口說指畫：記得嗎以前是橡膠林，你看變成某某花園了……引昔以比今，但「昔」已遭整型，「今」是張全新的臉。然後略略盤旋再三，戛然一停：到了！

呃，我還在用舊記憶摸索新狀況呢；當下只好訕訕然推門下車。

終於，我青少年時代的散文背景徹底瓦解。

從前單車穿越六公司，大約十分鐘。

清晨上課，最怕路口那一家的大狗追咬人，一定騎得飛快。

中午過後，泥路轉角的檳城叻沙，即在戶外的三輪車備料，讓熱帶的風總是一身酸辣迷魅。下午老闆踩動車子轉至附近村子，那時得循線去找才買得到。

幾個國小同學住裡頭，我們都會拜訪、遊戲、交換武俠小說。籬笆多是大紅花，灼灼亮亮。處處是高昂的椰樹，以及木瓜、香蕉、人心果、波蘿蜜、紅毛榴槤等。某個大轉彎處，緊依路邊，有棵僅見的、筆挺的山竹，葉子墨綠，鬱鬱森森。若紅毛丹成熟，便著火也似燒紅人家的鋅板屋頂。

六公司有兩家雜貨店，其中一間小時候最愛光顧。舉凡抽抽樂、印度蜜棗、仙楂餅、酸梅、芒果乾，各種鹹酸甜，應有盡有。以超大玻璃瓶存放餅乾，我們極愛一種形似亞答子的彩糖餅；前幾年在香港九龍偶見，非常懷念。

零錢放在懸吊空中的鐵罐裡，老闆一拉扯下，放開又上升，小孩卻夠不著。有個年齡和我們相仿，甜沁沁水靈靈的小女兒。

騎過這間雜貨店，才進入第一個花園社區，見到美觀的排厝……。

後來那家叻沙移到這一區的小販中心。

二〇一五年回國，發現味道變了。叻沙的餘味可以微甜微酸，但不能微鹹；以分不清鹹酸甜辣，渾然一體為上。唯孫輩接棒掌勺之後，初次嘗到這種尾韻，不由悵然。

家鄉一百七十餘個社區，如時間這尾巨鯨身上，不停增殖的藤壺；而它們的構圖，也和桃源所謂「阡陌交通，雞犬相聞」最是相似。

當然，真正的桃源人，想回卻回不了。
所以即使我回來了，但也永遠回不來。

河

忽逢桃花林，夾岸數百步，中無雜樹，芳草鮮美，落英繽紛

——陶淵明〈桃花源記〉

「我們家那條河，有沒有這麼寬？」

二〇一六年初，幾個靜夜聊天的兄弟：大哥、四哥、六哥和我談到老家百米外的瀾派河。我指著六哥家斜對面、遠處鄰居大門懸吊的燈籠這樣問。

大哥、四哥點點頭：有有……。

那距離，差不多五六十米。人在對岸，完全看不清顏面。當然，那是上世紀九〇年代的時候，之後日漸窄淺，不過廿幾米。

我不太明白何以如此，閒聊問起，大哥才說那或許不是真正的河，它的源頭在三板橋的

小河尾端。

我們平常出村子，進入六公司之前會過一道小河，架以木條，稱作三板橋。它蜿蜒流入了瀾派河。五十幾年前，大哥曾上溯至尾端，發現只是一灘淺澤，周遭並無水源。

這是盡頭嗎？大哥感覺不該如此，但似乎又得接受。

大哥、四哥長我十來歲，以往既少碰面，也幾乎沒聊什麼家族、故園事。那幾晚是多年來罕見的集中談論。

例如一九五〇年初，英國人為禁制馬共而建立新村，爸媽等人必須暫離，到附近鄉村的小山上住兩年，四哥在那裡出生。

當年父親是龍鳳胎，而姐姐卻送給馬來人。另一位姐妹也被領養，住六公司，騎單車常會經過的地方，卻從未聯絡。

二哥只讀到小學，是男生裡頭教育程度最低的——兄長們至少讀到初中——因生一場病大人忘記請假，結果無法升學之故。以及母親騎單車跌倒，老爸去扶才相識等等；這些，我都不知道。

「那它是什麼河啊？」所以第一次知曉這真相，極為驚訝。距離我的青年時代，已經三十年了。它會是運河嗎？

大哥說不曉得。

也許——那只是支流而已，並非瀾派河真正的來處？但小河已被改造成社區的大溝渠了，無從辨別。

父母說，古早瀾派河有蝦蟹以及海魚，尚有馬來鱷出沒。

七〇年代初地方首長在靠海處興建閘門，控制流量。海水很快轉淡，童年時候海洋生物經已絕跡，全是淡水魚。

不過，有時留意到水流是雙向的。原來海水漲潮，流向就往上游；退潮，流向就朝下游。這現象在建水閘之後，依然如此。當然漲落的幅度，可能比不上早期了。

然而河還是很廣濶，在村尾附近來個大弧彎，超過百米。五哥少年曾划舢舨，在那裡驚睹鱷魚浮沒。而且對岸原始沼澤如舊，彌目成片紅樹林、亞答樹，渺無人跡，蒼莽猛綠。

亞答子是鄉下孩子罕見的零食，小時候父親曾砍回來，清芬甜潤，極是難忘。

紅樹因浸泡海水之故，本地話叫「鹹芭材」，材質極韌，白蟻難侵。村人養雞搭蓋寮子會用它。二哥年幼，常隨父親去砍伐。問大哥，他說：某段年代有老闆要收購；並有日本人要做天然染料，村民興起一陣剝樹皮的風潮。

河裡偶現水獺，在遙遙的對岸，突冒起大老鼠一樣的頭。不時猴子群遊，晃蕩尖叫於七八米高的椰子樹。

八〇年代初以後漸漸消失，因對岸正進行砍伐。

黃昏來臨，我們不時坐這一頭，看他們忙個不停，許多砂石車，玩具大小，往返運載黃土；很快，野生的地貌，換粧為鱗比的排屋。

隔幾年，二哥在那兒置新家，我們終於抵達長久原始的沼澤；但它就是一般住宅罷了，特色全無。

我憶起幾年前，臉書的大山腳歷史提到這條河——它存在很久了——卻沒說它是否運河。

文章說，那個與六公司相鄰、叫蔗芭的村子，在十九世紀初開始種植胡椒、丁香及荳蔻等香料。後因蟲害減產，約一八三〇年轉而大面積栽植甘蔗。香料、蔗糖皆經瀾派河運至港口，多輸往英國。後期陸路交通日漸發達，其重要性下降，甘蔗時代遂結束於一九〇〇年。幾年前來自蔗芭的學妹提起，那兒曾遺留煉糖設備；地方祭祀某些儀式尚與糖相關。

由於大馬地方史極不發達，我們完全不知道。

我只曉得，這條河承載許多我們的回憶；是我們非常親切的河。

河上常長滿布袋蓮，開淡紫的花，極是清媚綺麗。稠密之時，據說某位鄰居曾踩著強韌的氣根，直接走到對面。

然而布袋蓮太多，河床淤淺，村尾地勢低易淹水，毀壞鳳梨等作物。大哥說，早期採人工疏浚，用河裡的爛泥一畚畚築堤。

我的童年時代已經用吊車了。

它以履帶，行走嶇崎泥爛，並有氣泵驅動支架，可以固定；長長的前端以大鋼索繫著一米長、寬的鐵屌斗，拋到中央挖深河床，清除布袋蓮。

一斗一斗的汙泥砌好，即成堤防。到我們這邊土地高隆，便無須疏浚築堤。等黑腐的泥乾硬，沿堤可以走好遠，但還是到不了大灣，那兒荒榛莽野，難以涉履。

而平日，黃昏時分河邊小坐，我們留下許多面對大河的身影。

通常是閒時在椰子園勞作，如撿拾起灶的椰梗；或摘河岸自然生長肥綠的空心菜；或丟一些無法燒毀的垃圾；芒果季節，撿拾一籮筐的酸甜滋味……於時，往往在蔓草岸，隨意坐聊。

十六歲迷上甩竿釣魚，長達半年，常抽空獨釣一個寂寞的下午。上鉤的魚並不好吃，多刺，濃濃土腥味；但很好看，通體銀閃閃似金龍魚。如用插竿，晚放早收，一般釣到鱧魚、泥鰍。

而夕陽常年懸掛對岸，雲絮由光烘焙，烤出大面積的晚霞，令人戀戀。那像一間星際麵包店，出爐各類璀璨的雲朵，和生活中各種顏彩的醬料。

當滿目椰子和果樹圍護我的童年時光，河畔是我唯一可以就近極目的遠方。也許，詩的想像就從河的對望啟蒙，誰曉得呢。

二〇一四年在宜蘭初見冬山河，除了窄一些，它簡直就是瀾派河，植被也像極了，一時泛起鄉愁的漣漪。不過在大馬，它連畫上地圖的資格都沒有。熱帶的半島，長數十公里的河實在太小了。

對看地圖的人而言，它並不存在。

船

便捨船，從口入。初極狹，才通人。復行數十步，豁然開朗

——陶淵明〈桃花源記〉

我們住在河邊，卻很少看到船。

瀾派河離老家約百米，由東北往西南流淌。東北以河邊的大芒果樹為界。站在樹下窮目右望，自蘆葦長草遮掩中見得河從那兒彎過來，那是蕉芭的方向；但這個河灣沒村尾的大。同樣，我們也無法走到那裡，頑強的荒草雜樹霸占河畔，無以跨越。

從這往西南方的下游走，到村尾，它甩出一個美麗的大灣。這段河身長約一公里，即是我相處數十年的河。我不知它從何處來，也沒到過出海口。我們距運送馨香和蜜甜的歷史太遼遙了，我們活在——它垂垂老矣的暮年。所以看到舢舨的次數不到十回。多是海邊那兒的馬來人搖啊搖進來，又迢迢從大河灣淡出視界。舢舨吃水極深，伸手即淘到河。看著，著實羨慕。

很小很小時候，的確坐過大哥划的舢舨，驚險晃動。船並不是我們的，應該是壞掉了，棄置河畔，大哥臨時起意，載了幾個小毛頭。誰料還沒到河心，急遽漏水，我們當堂魂飛魄散。

幸好大哥手忙腳亂，安全返回。而那船，自此被野草啃噬朽爛。

也曾有村民划船過來，靠岸讓我們上去坐坐。初次感受河如此湧蕩，船擱在波動的液體上，東搖西晃，很嚇人。

我從小怕水，母親說生肖屬羊皆然，四哥和我一樣。

這條河經過我們家，再往前多長才會出海，究竟是十公里，或數十公里？確切數據不知。

十幾廿歲以後，有機會從另一方向見到它。自一條繁忙的大道，可以俯視整個村尾的河灣；而往對過望去——即海邊方向——是委蛇伸入渺冥的河身。

當時，並不好奇它的終點，只知是個從小聽說、叫做儒魯的海邊。因為——當現實生活尚未成為往事，它畢竟只是我們家的一條河罷了，大伙無意探究它流轉的身世。

等到為寫這篇文章，決定上谷歌衛星地圖，才清楚它的來蹤去跡，估計長度三四十公里。今年五月底大姐首次來台旅遊，我問起，她曾聽去世的母親說道：源頭在老街那一邊——三板橋那只是支流——是的，它的確濫觴於老街再過去，一個叫武喇比的小村附近，大山腳孟光水壩南陲的森林……。

至於河轉窄淺，大姐說是填土造地之故。

溯河流的身世於是似乎到了尾聲，其實只是開始；因為我沒見過它的肇始，也沒踏上它的終點，而今有意日後一探源委。

不過，怕水又少見船的我，反而一直非常喜歡船，尤其古代帆船。例如因撰寫武俠小說，藏書的類別自然繁多；但我還會盡可能搜羅中國船舶以及航海的著作。早在二〇〇〇年前後，即構思一個時在南宋，和大洋相關的故事。

至於船，我們從未擁有任一艘船——大多是搭乘一次，即由此展開離鄉背井的人生。我們家有十二兄弟姐妹，全村最多；家裡也是最窮的。然而，也是村子裡走到世界最遠的。

大哥六〇年代初就到吉隆坡，對村人而言，當時四百公里外的都門算迢遙的了。四哥一九七六年孤飛希臘，機票是兄長、朋友或借或給，抵達當地身上只剩十塊美金。三年後，乘船至美國維吉尼亞，輾轉在美一住三十年。五哥七〇年代末單騎走印尼、再到新加坡。乃至一九八八年二姐去香港，我到台灣，小弟隨後也來了。三人從此長居港、台兩地。

飛離之時，機票以外，身上唯有湊合起來的盤纏，下一筆在哪裡，並無著落；只是用一點點路費，走了一趟很遼遠的旅途。雖然艱險程度不同，但也彷彿重歷祖父母捨棄中國原鄉，渡越怒濤賣身抵達南洋異域的心境。

是的，不過是攜帶豐沛的、拋置船隻的意志。往前，登岸，進入那命運的狹口；膝行匍伏，良久，方遇見前方境域——豁然開朗。

桃園

林盡水源，便得一山，山有小洞，彷彿若有光

——陶淵明〈桃花源記〉

一九九四年九月，我來到桃園讀中文研究所，從此住了廿五年。整體而言，我從未喜歡

它，也沒討厭它。在台灣我去過大部分地方，唯一把它當故鄉的，其實是台南，卻在桃園待了將近二分一的人生。

三、四年前吧，不免撓撓頭，小迷惘：為什麼？

我立時想到那篇桃源散文，以及博論以外，我第一篇有心寫好的論文，乃是陶淵明的歸鳥象徵（我本身做儒家經學，並非古典文學），由此接觸一些探究桃源來歷的文章，其中大陸學者唐長孺先生的說法，最是周延。

想到——我十年來持續進行、尚未完成的武俠小說《三國傳真》，「桃花源」是主要象徵之一；單純描摹它，便用了數萬字……。

然而，過後又將這個小疑惑輕輕擱置。

二〇一七年在埔里朋友家裡，看到立體的台灣地圖。沒來由心裡一動：咦怎麼——馬來半島像膨脹的台灣，而台灣即是縮小的馬來半島？

台灣南北約四百公里，馬來半島長約八百公里；恰好一半。或可戲稱：它們是兩顆藉漲大或擠縮，即可互換身分的地瓜。而且，它們皆聳起橫亙首尾的中央山脈，彷彿相同的刺青，截分島嶼為東、西兩座海岸。

而我居住的桃園，恰好和大馬故土——檳城一樣——嵌在島北、靠西；幾乎在相對的同一位置上。

我們這一區，偶而閒聊會被台灣朋友公認是時光埋了三十年的膠囊城市。真的，市區至多是點的變化，並無成片的市容塗改；外圍改變最大當屬高鐵一帶，然其幅度仍遠不如故鄉深廣。

而榮獲全台最醜、模樣我行我素的火車站，照樣兀然傲立。道路狀況，依舊三十年如一日：鋪好超過一年的路，大概沒三百公尺是平的——始終維持台灣整體馬路一路來的水準。其實每回挖的洞百分百補平，即無須隔幾年就來鏟，新鋪一番，浪費公帑；香港、日本皆如此。唯地方政府多年來，始終拿路平專案來作政績的幌子……。

但總之，先前從未動念將它和家鄉對照。

今年方省覺，相對老家數年一改，以致我有誤入迷宮、不辨鄉關之嘆。這裡，假如三十年前離開這裡，爾後回返，它不會贈你最愕然、最措手不及的鄉愁；只多了咖啡館、精緻小店、綠意公園、步行街區；以及老街溪治水有成，步道環繞，綠草蔓絲數十里地。溪水琤琮，和清風明月一起穿流這座城市。

從它，我不由細想那篇虛構散文呈顯的陰陽對比。

相對鄉園，此處是外面的世界，險惡凶阻之地，卻讓我安穩久居。它原該日新月異；誰料卻似桃源，只花開花謝，寒盡不知年。它應是我浮生之暫寄，而家園當是葉落歸根；一旦版圖巨變讓我返家不得，它反如曩昔的故土，安然淡定，款款待我如子。

假如翻查漢語辭典，可知「桃園」和「桃源」詞義相通。因此，古書說桃園人，也就是桃源人。它在清朝前期號稱虎茅莊，因多茅草，傷人如虎之故。爾後移民遍植桃樹，春日盛開，花海如雲，方改今名。而證諸歷史，百年未釀大災，颱風災害輕微、地震溫和。的確，無愧「桃園」二字。

那麼，當年散文中「我」逃離桃源，真正身分或非桃源人，乃是武陵漁人，受落英所惑，遭花海所迷，於是便捨船，從口入。自此「誤入桃源中，一去三十年」。

嗯，歷史開的是這種玩笑嗎？

巧合的是二〇一五年底還鄉，發現高中同學長年聚談的小店，居然叫桃園咖啡店。至於——要如何去到那兒呢？

抱歉，別問我，我早已迷途多年……。

散文編排說明

散文的篇章順序，大致依年代先後。

〈卷一〉是在大馬時期，故鄉既是我書寫的背景，也往往是文章主題。

〈卷二〉雖身在台灣，但由於一九九五年〈瓶中音樂會〉以後，散文幾乎停止，故內容仍多家鄉人事。〈最遼濶的清早〉寫於一九九八年強颱瑞伯之後；〈情書〉則是一封一九九四年真正寄出的書信，一字未改。

千禧年寫篇小品〈兩個十九歲〉便沉寂了。

自此之後的散文或論述，全是應邀之作。〈卷二〉、〈卷三〉、〈卷四〉主題雖異，率不離此。〈卷三〉所收與藝術、武術和佛教相關；〈卷四〉則涉及武打電影和武俠小說。

〈卷五〉訪談皆涉及我的武俠書寫。至於與沈默的對談，同時可以管窺個人的生命定位：我首先是個鍛煉者，然後才是寫作人。很符合三十歲後一路來的閱讀習慣——心靈鍛煉的書籍，我總是馬上看完，而文學著作卻讀得很少。

〈附錄〉是十九歲寫的小說，不收於此，它茫無所依。

綜言之，散文是極少創作的文類，始終不是重心。主因是我寫散文多與回憶牽連，而廿六歲後並不樂於懷舊。至於說理或其他類型，又未有餘裕著墨。

因此，八千字的後記〈桃源・桃園〉，是從記憶硬要回來的作品。對於一個全無緬想激情的作者而言，開採過程實在沒勁，以是拖了一個多月（待開始追溯河的身世，才興發些許趣味）。因此它似乎——可以看作是對這類散文、一次漫長的告別。

語言文學類　PG2203　秀文學33

銀河樹

作　　者／吳龍川
責任編輯／陳慈蓉
圖文排版／林宛榆
封面設計／蔡瑋筠

發 行 人／宋政坤
法律顧問／毛國樑　律師
出版發行／秀威資訊科技股份有限公司
114台北市內湖區瑞光路76巷65號1樓
電話：+886-2-2796-3638　傳真：+886-2-2796-1377
http://www.showwe.com.tw
劃撥帳號／19563868　戶名：秀威資訊科技股份有限公司
讀者服務信箱：service@showwe.com.tw
展售門市／國家書店（松江門市）
104台北市中山區松江路209號1樓
電話：+886-2-2518-0207　傳真：+886-2-2518-0778
網路訂購／秀威網路書店：https://store.showwe.tw
國家網路書店：https://www.govbooks.com.tw

2019年10月　BOD一版
定價：320元

國家圖書館出版品預行編目

銀河樹 / 吳龍川作. -- 一版. -- 臺北市 : 秀威資訊科
技, 2019.10
面； 公分. -- (語言文學類 ; PG2203)(秀文學 ;
33)
BOD版
ISBN 978-986-326-739-3(平裝)

868.755 108014923

讀者回函卡

感謝您購買本書，為提升服務品質，請填妥以下資料，將讀者回函卡直接寄回或傳真本公司，收到您的寶貴意見後，我們會收藏記錄及檢討，謝謝！如您需要了解本公司最新出版書目、購書優惠或企劃活動，歡迎您上網查詢或下載相關資料：http:// www.showwe.com.tw

您購買的書名：________________________________

出生日期：________年________月________日

學歷：□高中（含）以下　□大專　□研究所（含）以上

職業：□製造業　□金融業　□資訊業　□軍警　□傳播業　□自由業

　　　□服務業　□公務員　□教職　□學生　□家管　□其它____

購書地點：□網路書店　□實體書店　□書展　□郵購　□贈閱　□其他

您從何得知本書的消息？

□網路書店　□實體書店　□網路搜尋　□電子報　□書訊　□雜誌

□傳播媒體　□親友推薦　□網站推薦　□部落格　□其他________

您對本書的評價：（請填代號　1.非常滿意　2.滿意　3.尚可　4.再改進）

封面設計____　版面編排____　內容____　文／譯筆____　價格____

讀完書後您覺得：

□很有收穫　□有收穫　□收穫不多　□沒收穫

對我們的建議：________________________________

____

____

____

請貼
郵票

11466
台北市內湖區瑞光路 76 巷 65 號 1 樓
秀威資訊科技股份有限公司 收
BOD 數位出版事業部

....

（請沿線對折寄回，謝謝！）

姓　　名：________________ 年齡：________ 性別：□女　□男

郵遞區號：□□□□□

地　　址：____

聯絡電話：(日) ____________________ (夜) ____________________

E-mail：____